MOOK

2 0 1 8 第五期

图书在版编目(CIP)数据

诗词中国.第五期/诗词中国丛刊编辑部编. —北京:中华书局,2018.9

(诗词中国丛刊)

ISBN 978 – 7 – 101 – 13398 – 1

Ⅰ.诗… Ⅱ.诗… Ⅲ.诗词研究 – 中国 Ⅳ.I207.2

中国版本图书馆 CIP 数据核字(2018)第 190053 号

书　　名　诗词中国　第五期
编　　者　诗词中国丛刊编辑部
丛 书 名　诗词中国丛刊
责任编辑　陈　虎
出版发行　中华书局
　　　　　(北京市丰台区太平桥西里 38 号　100073)
　　　　　http://www.zhbc.com.cn
　　　　　E – mail:zhbc@ zhbc.com.cn
印　　刷　北京市白帆印务有限公司
版　　次　2018 年 9 月北京第 1 版
　　　　　2018 年 9 月北京第 1 次印刷
规　　格　开本/710×1000 毫米　1/16
　　　　　印张 7　插页 2　字数 200 千字
印　　数　1 – 2000 册
国际书号　ISBN 978 – 7 – 101 – 13398 – 1
定　　价　36.00 元

我们要捧一颗诗心

我们要捧一颗诗心——一个民族的赤子之心。

中国是一个诗国；诗是中华民族的文化基因。公元前一千年左右，中国诗人就开始抬头歌唱。中国经典：《十三经》《四书》《五经》，重要的核心都是诗。经过两千多年的发展演变，诗是汉语言锤炼得最极致的精华，具有全方位的美学：有声韵美、图画美、风格美、意境美：或雄浑、或豪放、或冲淡、或自然、或含蓄、或典雅；那是我们最美的抒情载体和文化符号。用诗歌表达，是最高级的表达。因此，要继承经典，一定要弘扬诗歌精神；伟大的民族复兴，除了硬实力，还有诗和远方。

诗能陶冶心灵、塑造心灵，更能镌刻民族的灵魂。假如我们这些凡俗的人喜欢读诗、写诗，与优美的、形而上的诗歌交朋友，成为情操高尚的人，就能与形而下的钱财俗物保持距离，对物质的追求就不会陷得那么深。果如其然，那为金钱奴役的人或许会少一些。

丰富多彩的人生，诗可以栖，可以居，可以让人变得高雅、变得含蓄蕴藉，所谓"腹有诗书气自华"。诗是一颗仙丹，凡俗女子喜欢诗，就会成为冰清玉洁的仙子。大学里流传这么一句话，说中文系读诗写诗的女生，连走路的背影都比外系不读诗的女孩子来得风姿绰约、婉约优美。

润物细无声的诗教，小学生学诗，陶冶心灵，塑造人格，具有与生命同样重要的意义；诗对人心灵境界的提升，不是单纯的分数、奖状、等第可以衡量比拟的。

我们每一个人，都应该捧一颗"诗心"。诗心，就是真的心，善的心，美的心；诗心就是有梦的心。我们读诗，学诗，写诗，就是与真、善、美和梦想携手同行。

我是骑在牛背上的牧童；遥指杏花村诗的美景、醉的境界，让我们手拉手地，踏着泥泞、冒着纷纷的细雨前进！

主办： 中华书局　中华诗词研究院

编辑部地址： 北京市丰台区太平桥西里38号

邮编： 100073

电话： 010-63260766

顾问：（按音序排列）

冯其庸　霍松林　林岫　刘征　沈鹏　叶嘉莹
袁行霈　郑伯农　郑欣淼　周笃文

《诗词中国》学术委员会主任： 袁行霈

《诗词中国》学术委员会：

袁行霈　林岫　陶文鹏　赵仁珪　钱志熙　施议对
周啸天　钟振振　曹旭　王玫　杨逸明　顾之川
曾大兴　诸葛忆兵　刘青海　辛晓娟

《诗词中国》编辑委员会主任： 徐俊　**副主任：** 包岩

《诗词中国》编辑委员会：

蒋有泉　徐俊　李树喜　赵京战　林峰
高昌　刘庆霖　宋彩霞　沈锡麟　包岩

本期栏目主编： 钟振振　林峰

编辑部主任： 吴文娟

责任编辑： 吴文娟

封面题字： 沈鹏

美术设计： 王铭基

美术编辑： 李琳琳

法律顾问： 任海涛

www.shicizhongguo.com

投稿邮箱：sczgmook@163.com

诗词中国微信公众号

诗词中国客户端　苹果版

诗词中国客户端　安卓版

目　录

【华夏诗阵】

自由谈

【专题】

诗词创作的当代性

编者按：

古人云："若无新变，不能代雄。"诗词创作是创作艺术品，艺术品要追求美，美也应该不断新变。如果诗词创作一成不变，就不会有代代相传的清词丽句。

当代诗词，不仅是"当代人"创作的诗词，更应该是反映当代社会生活，表达当代人的思想感情，体现当代人的价值取向与审美观念，参用当代鲜活语言的诗词。

诗词创作如何体现当代性？本期我们邀请多位名家及青年诗人，畅谈他们对这一问题的见解。

杨逸明：

诗词创作的当下发展

诗词创作是创作艺术品，艺术品要追求美，美也应该不断新变。如果诗词创作一成不变，就不会有代代相传的清词丽句。屈原不造假古董，写他的楚辞；曹子建、陶渊明不造假古董，写他们的魏晋诗；李白、杜甫不造假古董，写他们的盛唐诗；苏东坡、辛弃疾不造假古董，写他们的两宋词……写诗不能人云亦云，也不能人不云我不云。应该是人云我不云，人不云我云。或者是人云我换个角度更精彩地云。所以古人云："若无新变，不能代雄。"（南朝梁萧子显《南齐书·文学传论》）

但是古人又云："诗虽新，似旧才佳。"（清袁枚《随园诗话》卷八）

《红楼梦》宝、黛初会，黛玉一见宝玉，便大吃一惊，觉得好生奇怪，倒像是哪里见过，何等眼熟。宝玉说出初见黛玉的印象是："虽然未曾见过他，然我看着面善，心里就算是旧相识，今日只作远别重逢，亦未为不可。"好诗也是如此，既有似曾相识之感，又朦朦胧胧想不起在何处见过。又熟悉又陌生：熟悉，是因为人人心中所有的"旧"；陌生，是因为人人笔下所无的"新"。熟悉，才会有亲切感；陌生，才会有新鲜感。非如此不会动心。诗词从立意、意象到语言，都要有自己的个性和特色，写出一种"熟悉的陌生感"来。

诗词创作中，继承是过程，是为了有"旧"的韵味；创新则是目的，是为了有"新"的时代精神。不肯继承是偷懒，是无知；不肯创新则是更大的偷懒和无知。当代诗词创作要不要体现当代？目前好像还存在不同的看法。

严羽说："诗之是非不必争，试以己诗置之古人诗中，与识者观之而不能辨，则真古人矣。"（《沧浪诗话·诗法》）这是一种标准。当代也有这样的评论，说是写旧体诗词就是要放在唐诗宋词中可以乱真。我觉得如果当代作品放在唐诗宋词中可以混为一体，那也只能放在三四流的唐诗宋词一起，如果放在一流的唐诗宋词中，我们一定一眼就能看出来。当代诗词的立意和情感全是古人的，那就是假古董，是唐诗宋词的山寨版。

袁枚认为作诗"以出新意，去陈言为第一着"（《随园诗话》卷六）。胡适认为："所谓务去烂调套语者，别无他法，惟在人人以其耳目所亲见亲闻、所亲身阅历之事物，一一自己铸词以形容描写之；但求其不失真，但求能达其状物写意之目的，即是工夫。其用烂调套语者，皆懒惰不肯自己铸词状物也。"这又是一种标准。写诗的目的不是混在唐诗宋词中去乱真。当代优秀诗词放在唐诗宋词里，应该依然能够闪耀着当代思想的光辉。写诗只求酷似唐诗宋词，就没有了诗词创作的当下发展。

唐诗登唐代巅峰，宋词登宋代巅峰，当代诗词登当代巅峰，都要反映当下。生活在当代，连当代的好诗也写不出，不可能反而写得出优秀的"唐诗宋词"来。

但是，如果光有创新，没有较高的艺术要求，这种新就会流于平庸。有位大画家关于艺术的见解有二：一是创新，一是要有难度。石涛云"笔墨当随时代"，中国画需要创新，自无可非议。但衡量创新成功与否的标志，不仅仅在于"新"，更在于"难"，只有当你的创作不仅新奇，而且这种新奇的境界是别人难以企及的，你的创新才真正具有艺术史的意义。否则，"创新"不过如昙花一现，无法承受时间的考验。同理，诗词需要创新，不创新就没有生命力。但这种创新也必须有难度，否则就没有艺术的高度。因为有了难度，必然是由小众化的作者，多样化地创作出优秀的诗词作品，供大众化的读者欣赏享用。目前诗词创作现状，是小众化作者写诗给小众化读者看，他们的诗有难度却不创新：大众化作者写诗虽然创新却没有难度，所以诗词作品又没有人爱看。

当代诗词应该用旧瓶装新酒。所谓"旧瓶"，就是旧体诗词的形式和格律；所谓"新酒"，就是有时代特征的思想、内容和文字。如果真能酿出当代的好酒，那么，无论装入严守平水韵的传统典雅的瓶子，还是装入新韵乃至新诗的瓶子，都会有广泛的品尝者。

诗的创作源泉来自何处？应该来自自己的生活。如果光把古人的语言作为诗的创作源泉，写出的诗就会显得空泛和苍白。有一篇评论当代拟古诗词的文章，其中有一段话值得深思："以学习古人为名，掩饰自己对于社会生活的漠然，掩饰自己关怀精神的缺位，这种行为，难道不是缺乏诗人襟抱的表现吗？在他们的词作当中，见不出一点作为当代人的独特感受，仍然是宋代市民阶层的离愁别绪，历史仿佛根本拨动不了他们的心弦。作品的主语是古人，不是作者。"

当然，当代许多诗词创作者正在做着可贵的尝试。我读到过不少优秀的当代诗词，能够反映当下，诗意盎然，闪耀着当代思想的光辉，富有诗词的艺术感染力，被读者争相传诵。这些作品的产生，无一不是源于作者对于当代社会和现实生活的充满热情的关注和思考。

我们应该继承传统的优秀和先进的思想，歌颂高尚和美好的人性，揭露丑陋和庸俗的风气，敢于担当，运用诗词的智慧、力量和形式，贡献当代诗人的赤诚之心和绵薄之力。

来　均:

推动诗词创作新形态的三个方向

如果诗词艺术发展到当代需要求变，我们不妨从这个维度拓展思路。

诗词的传统形态，是传统语言和传统意象在不同纬度的组合。如果把现代元素加入这个组合之中，分别改良语言和意象，就可以衍生出三种新的形态。以语言和意象为两个纬度的数轴，就形成了一个新的坐标系。在这个坐标系中，似乎反而是新的诗词形态对传统诗词形态形成了反包围之势。

这三个新的象限，分别是：新语言和传统意象的组合、新语言和新意象的组合、传统语言和新意象的组合。下面不妨分别展开：

新语言和传统意象的组合

这种组合成本最低，它似乎回避了传统语言的训练和新意境的思维锻炼，故深受广大初学者的追捧。但同样由于进入门槛过低，扰乱了一般欣赏者的心理预期，导致大多读者不予好评。然而，制作成本的高低并非精品尤其是艺术精品的决定因素，这个象限中，仍然不乏精品脱颖而出。

比如诗人彭莫的作品：

黄昏雨几行，湿了秋模样。窗上的风铃，正不停摇晃。　某一支老歌，谁在依稀唱。开口想轻和，句子都遗忘。（《生查子·初秋印象》）

他的作品，另一个角度，其对生活细节的认真揣摩，也是佳作频出的助力。如仿乐府《爱情故事》之"闻君"：

闻君买球票，日夜练投篮。

闻君买唱片，四处学和弦。

门外花一束，放于深夜时。

但恐君知晓，又恐君不知。

虽流于陈述，但无不是生活经验，而常人未道。又如《爱情故事》之"尾章·重遇"：

又一次握手，酒店满鲜花。

我持红请柬，君着白婚纱。

红白颜色的对比，是结局、心情的写照，是一种高级的艺术手法。但没有切实深入的生活，恐怕捉不住这种意象，写不到这种高度。

新语言和新意象的组合

这种组合，之所以未成为现代

诗，是因为它坚守格律。用格律诗词写出现代诗，难度也很大。我们可以欣赏诗人曾少立作品：

> 南风吹动岭头云，花朵颤红唇。草虫晴野鸣空寂，在西郊、独坐黄昏。种子推翻泥土，溪流洗亮星辰。　等闲有泪眼中温，往事那般真。等闲往事模糊了，这余生，我已沉沦。杨柳数行青涩，桃花一树绯闻。（《风入松》）

> 天空流白海流蓝，血脉自循环。泥巴植物多欢笑，太阳是、某种遗传。果实互相寻觅，石头放弃交谈。　火光走失在民间，姓氏像王冠。无关领土和情欲，有风把、肉体掀翻。大雁高瞻远瞩，人们一日三餐。（《风入松》）

> 让花欢笑，让石头衰老。让梦在年轮上跑，让路偶然丢了。　让鞋幻想飞行，让灯假扮星星。让碗钟情粮食，让床抵达黎明。（《清平乐》）

上述作品，被评论家评价为"整体逼近现代诗"。作者的自评是："我也不知道它确切是写什么。实际上，它是这样一种诗：其文本只有审美价值和模糊的意义指向，却没有唯一的解读，或者说它可以有无数种解读。每位读者都可以根据自己的经验和知识，来对它进行解读，或者不解读，只享受一种审美的阅读快感……它就是由一连串幻象构成的审美文本，可以因人而异地无限解读。"

我们从中不难看出，这种新意象的组合，也接手了现代诗中"天书派"的争议点，延烧至旧体诗词。在诗词界甚至现代诗歌界，尚未对"天书派"优劣给出确切、系统的评价之前，作为对前卫行为的一种谨慎，适度回归传统，我曾写过一首《行香子》，在"度"的方面做了一点调整：

> 到底金陵，历史多长？日子在，山里边藏。那些照片，比去年黄，记一株树，一双鸟，一间房。　让根领略，花开消息。将大海，揽近身旁。跟风讨价，与月商量。这一群人，一城雨，一条江。（《行香子·金陵诗社成立之遐想》）

这首作品在首届"湘天华诗词大赛"中获二等奖，且在公示期间，未出现过争议。因此，个人认为，适当"回归"，是其中要点，即便在现代诗诗坛，过分"天书"化，也非主流。

传统语言和新意象的组合

与第一种例子相反，这是成本最高的一种组合，而且受众稀少。一方面难度大，产出少；另一方面，容易给人"惊艳"的印象，最大化地增加阅读的愉悦。下面我们赏读一下诗人嘘堂的一首作品：

> 五月无蝉，十月无雪。思汝无方兮，

言何兀兀？

河不溯流，天不载覆。静不可通兮，心如焦谷。

谷在野，野走马。马苍，马赭，纸扎者。

扎纸者谁？土扬而尘飞。人皆往矣，惟我不可追。

乃祷于雨，乃催暮鼓。既失其弓兮，曷藏其弩？

先哲有言，矢发而不瞬前。今我之忧兮，星不久悬。

或可悬于柄，孰能悬于影？影之世界，与我不相等。

如汝凝视，我在之寺。其香袅袅，忧之所赐。

忧郁如长跪乃不朽？抑服膺于乌有？

否。否。

春明之案，秋阳可镂，神之弃余兮，人焉可守。（《断偈》）

不难看出，这又是一种完全文言化的

现代诗歌，其解读的不指定性，一定程度也增加了这类作品的争议性。作为一种诗词新形态的尝试和过渡，完全否定其价值为时尚早。

本文以抛砖引玉的态度，部分展出这三种求新方向及其各自的正负面评价，让问题一定程度公之于众，希望诗坛能在一定程度扬长避短，有目的性地探讨求新之路，共同推出无愧于我们时代的佳作和新的风格。

总之，作为求新的作者，何处推新？应有自己的策划。求新应该是一种主动、积极的自身要求，而不应该是对传统技法训练不足、刻意回避的借口。很多初学诗友盲目推出的旨在降低写作难度的"声韵改革"，甚至提倡打破格律藩篱，受到网络诗坛的竭力反弹。实践证明，这种"改革"呼声，即便在专业界也逐渐式微，形成鸡肋。

唐颢宇：

"实验体"之新变需要古典文学的功力

当代"实验体"诗词，是对传统文言诗词的新变。在意象和语言上，至少有一项要能创新，要具有现代感。当代诗坛与初唐有相类之处，一方面经历着旧诗跌入深渊之后的复苏，另一方面经历着新的文化和语言风格的冲击。诗缘情而绮靡，诗歌的本质在于缘情，好的诗歌要兼具言志寄托和审美功能。空疏无物、言之无文的作品，在任何年代都不会流传很久；而感情真挚、辞采丰赡的作品，不管它采用传统文言诗词还是实验体的形式，都会有强大的生命力。

闻一多在《唐诗杂论》中，对初唐四杰革除宫体积习的方式提出这样一个观点，王、杨是将眼光投向新的领域，而卢、骆所争者并非宫体不宫体，乃是有力没有力。现在我们对近体诗非常熟悉，但在初唐时期诗歌的典律化亦是新变化，亦可视为实验和探索的过程。王、杨以探索律诗的创作为主，并致力于拓展题材的范围。卢、骆依然延续着宫体诗的写作，但致力于改掉乏情的弊病，复归比兴风雅。将这个做法放在今日来看，不论是创作传统文言诗词还是实验体诗词，"有力"都应当被作为最根本的追求。其途虽殊，其质则一。

当然，实验体中包含的新事物、使用的新语言风格、营造的新意境，都是古人所不具有的，一旦被创作者敏锐地捕捉到并用最具表现力、感染力的方式创作出来，就会成为古人所不能言的"增量"。但传统文言诗词的价值，也不应当因此被轻视。诗歌对于物象的表现是多维的，是客观物象经过观览、思索之后与诗人主观精神的结合。就这个层面而言，"新"是一个相对的概念，诗人倘或情感真诚、笔力雄健、艺术高妙，其寄托旨意和审美体验，都是独一无二的。固然如爱情、生命、仕隐、山水等主题古人都已备述，但我们仍可冥搜而得新境，创作出独特的甚至能超越古人的佳篇。

实验体诗词以含有现代的物象或白话的语言风格为特征，在读者接受角度而言，实验体的受众更广泛，以其能被与文言诗词有语言隔阂的人群所欣赏。但是在作者创作角度而言，创作实验体并非像阅读那么简单。实验体诗词需要诗人具有良好的功底和坚整的笔力，再行探索和实验。脱离了诗学雅正的传统作为根基，实验体无异于空中楼阁。初学时可能入手较文言为快，但渐渐就会暴露出很多的问题，功力不深的人很容易流于浅近或沦于俚俗。一切发展都是循序渐进的，根基不稳，遑论求新。实验体诗词与传统文言诗词，并不是割裂甚至对立的，而应该一脉相承。在写好传统文言诗词的基础上，思考如何汲纳新的物象、探索新的风格、表现新的境界，并能融汇陶熔，不显突兀。

所谓实验，是针对当下时代的新探求，所以每当一种新事物、新手法出现，对当时的年代而言，都可作为实验体来看待。这样我们就可以从古人开拓新境的做法中获得很多启发。就新物象、意象或思想的层面来看，兴象和兴寄的诗学观，仍然适用于实验体诗词。构象起兴、营造意境，仍是最基本的创作方法。意境要能与物象自洽，能清晰准确地勾勒出诗人所想要复现的场景和表达的情感。

我曾写过一首《漫行至攸县天主教堂歌》：

秋风吹兮夕阳。众鸟飞兮教堂。玻璃烁兮彩窗。十字架兮金黄。庭中人兮彷徨。望极天兮遥山暝。满城烟兮灯火冷。独往兮独归。高扬兮黑衣。望天地兮如幕，掩我心兮所悲。

体裁为骚体歌，纯用白描状景，赋法抒情。多年前游比利时的根特小镇，还写过一首七律：

过午阳光柔若纱，塔尖一例入云斜。
橱窗糖果甜成梦，少女裙裾旋作花。
小镇人家植香草，满街行客走雕车。
微抬饧眼缘墙坐，恍觉浮生有涯涯。

这些都是古人未见之景象，而表现手法全无二致，以恰到好处地复现当时情境为追求。

白居易与元稹的新乐府，寄兴、讽于其中，思想主旨确切而语言浅明，可视作中唐时期以表意为要旨的实验体诗歌。我曾试用此法写过一首七律《闻说长安雾霾居全国首不寐偶成》：

人寰怪底起氛埃，自古长安望不开。
秦岭夕阳真胜血，渭城朝雨半成灰。
民皆有术齐生死，天已无方卜吉灾。
到处凭虚弥蜃雾，登仙何必向蓬莱。

就语言和写作手法的层面来看，其一，诗歌不受限于语法。当引白话入诗歌时，其语法对于诗歌基本句法的破坏和重塑，与古人文成破体的创作技巧是一样的道理。我曾以《谒金门》词调敷衍希腊神话中塞壬的故事：

　　风不止。帆不再能扬起。来者不应来这里。逐弦音靡靡。　月落海波之底。有女歌声如此。恍惚教人听欲死。断肠先断己。

上片即使用了破坏原有句式的技法。少陵"香稻啄余鹦鹉粒，碧梧栖老凤凰枝"所用的错综，稼轩"只疑松动要来扶，以手推松曰去"所用的破坏句式，都可看做实验体的做法。我尚写过《如梦令》：

　　长忆小楼深锁。长忆雨窗灯火。长忆晚凉时，长忆少年之我。闲坐。闲坐。门外落花千朵。

既使用白话进行创作，又尝试将排比句式引入小令，从而改变《如梦令》词调的正体。其二，白话与日常生活更为不隔，抒发感情可以更加直接，形成类似汉乐府质朴自然的风格特点。

　　数年前我还写过一首《荆州亭》词：

　　曾写相思一纸。落入无边城市。城市有梧桐，零散深秋风里。　谁在斜阳巷底。唤我当年名字。回首欲寻时，只是风声而已。

元白的新乐府即具有此特点。后人或模仿元白而炮制乐府，但终究是在模拟唐代浅白自然的语言习惯，而非用其日常的语言来写作。以今世论，用白话创作的实验体诗歌，庶几可以上继汉乐府自然明畅的遗风。

钟振振：

当代诗词姓"当代"

　　当代诗词，不仅是"当代人"创作的诗词，更应该是反映当代社会生活，表达当代人的思想感情，体现当代人的价值取向与审美观念，参用当代鲜活语言的诗词。要求当代诗人词人创作的每一首作品，都同时具备以上几个要素，或许过于严苛；能得其一，也不枉姓"当代"。但如果一条也不去做，或一条也做不到，总是一件令人遗憾的事。

　　有些诗友的创作追求，是使自己的作品掺入古人的诗词集中，可以"乱真"。也不能简单地说他们的追求不好——真能做到这样，也不容易；但"乱真"难免会让我们联想到包含这两个字的一个常用成语——"以假乱真"。也就是说，即便您做到了"乱真"，毕竟是"假"古董、高仿真的赝品。中国文学史上，有一个李白，一个杜甫，一个苏轼，一个辛弃疾，一个李清照，也就够了，为什么还要有第二个、第三个乃至第N个，一如"六耳猕猴"之于"孙悟空"？试想，如果《诗经》《楚辞》以后的诗人，只是一味"克隆"《诗经》、"山寨"《楚辞》，那还会有汉魏乐府、唐诗宋词吗？中国诗歌史还会那么精彩纷呈吗？从先秦到汉魏晋南北朝唐宋元明清，哪个朝代的诗人不在反映他们的当代社会生活，表达他们当代人的思想感情，体现他们当代人的价值取向与审美观念，使用他们当代的鲜活语言！

诚然，也有一些社会生活、思想感情、价值取向、审美观念、语言表达，较为恒定，时代差别不那么大。从这个意义上说，也不妨有一些当代诗词，通于古代，甚至通向未来，不一定非要强烈地显现其"当代性"。但即便是此类作品，也不应该只是"存量"，只是在前人已经到达的境界原地踏步；而贵在写出"增量"，写出自己更新更美的创意来。也就是说，即便抗志希古，也不能只以"乱真"为止境，而应与古人分庭抗礼，将"古色古香"提升到2.0版的级别。

名家说诗

古典诗论在当代诗词创作中的实践价值

钱志熙

　　中国古典诗论是一个博大精深的理论宝库，它包括了诗歌理论与诗歌批评两个重要部分。在现代人文科学中的学科分野中，它属于古代文论这个范畴。本来研究古代文论，甚至研究古代文学，有一个重要的目的，就是为当代的创作提供借鉴。但是，实际上由于当代文学的主体，迄今为止仍然是现代文体，所以古代文学与古代文论的研究，对当代文学创作的直接影响并不大。现代作家、诗人也很少自觉地从古代文论中吸取经验，接受启迪。而另一方面，随着学术的发展，古代文学与古代文论的研究，事实上也越来越脱离实际的创作经验，成为一纯粹的理论兴趣或文献整理的工作。这种情况，已故南京大学的程千帆教授，曾经很精到地概括为当代文学研究中的知与能的分离。

一

　　随着中华诗词的当代复兴，情况已经在发生着变化，当代古代文学研究的知、能分离状况，可能会有所改变。在可望见的将来，我们将会看一个古典诗词方面既知又能的研究者群体与创作者群体。而古典诗论被作为纯粹的、历史上的理论文献来研究的情况，也会有所改变。但是，从现在的情况来看，当代的诗词创作者，在古典诗论方面的学习，第一是很不自觉，第二是造诣极低。一些当代诗词创作者，也看到当代诗词发展中理论与批评的重要性，想要建立当代的诗词创作理论，却忽略了古典诗论这个博大精深的宝库，失去了必要的资借条件，根据自己的有限经验，急于提出一些所谓的理论，往往不得要领，并且容易将作者引上歧途。所以在如何建立当代诗词创作理论与批评的话语体系时，也常常陷入某种困境。笔者根据自己在创作与教学、研究中的体会，逐渐认识到古典诗论对于当代作者、学者诗词创作、提高诗词艺术的重要性，认识到古典诗论仍应是当代诗词创作与批评的基本理论依藉。事实上，不少的诗词家及诗词评论，也已经在这样做了。但是，对于它的必要性，还是缺乏自觉的认识。因为我们总以为古典诗论，只是古代诗人与诗歌理论的成果结晶，对指导当代诗词创作的实际作用未必那样大。并且长期以来，在古典诗论的研究中，运用西方的文学理论来对它进行格义，将其置于西方文学理论体系之下来分析、评价，认为它是过于直观、零碎，缺少体系性，其中甚至含有某些封建性糟粕。使得这个博大精深的理论传统，在当代的文学理论面前，显得尘封甚至灰暗。所以，当代诗词家也很少意识到其对创作的资借作用。

二

古典诗论发源于古老的西周诗教时代，后经孔门的"学诗"、春秋至汉代儒家的解诗，建立初步的体系。其最重要的成果结晶就《毛诗·大序》，它所阐述的六义、讽刺、言志、吟咏情性等重要概念，不仅是构成儒家诗学体系的根干，而且对后来文人诗歌的发展，也有极大的影响。从魏晋到南朝，由于文人诗赋创作的繁荣以及儒学及玄、佛思想等理论的资借，发展出以刘勰《文心雕龙》、钟嵘《诗品》为代表的魏晋南北朝诗人的诗论体系，它与具体实践的结合，比汉儒的诗学要紧密得多。其后唐代诗人，继续联系它们自己的诗歌创作、针对他们当代的创作问题，发展古典诗论。如陈子昂的兴寄风骨论、白居易的讽喻论以及大多数诗人都参与创造的诗境论、兴象论。这些对于今天的创作，仍然是有重要的启迪作用的。当然，这需要当代诗词家深入到它们的理论语境与概念内涵中去，运用自己鲜活生动的创作经验去领会接受。比如说，当代诗词创作中情性的失衡、讽喻之失旨，或缺乏兴象，或风骨不振，各种现象都是存在的。通过学习唐人的诗论，可以让我们知道症结之所在。宋元时代，一方面，一些大诗人与重要的诗歌流派，继续提出他们的诗歌主张。另一方面，诗话及诗论专著的出现，事实是对古典诗论进行一种有效的整理与阐释。不但像《沧浪诗话》这样理论主张鲜明的著作，对于我们理解诗歌史的源流正变、思考诗歌的本质与精神有启发作用，而且像《苕溪渔隐丛话》《诗人玉屑》《诗话总龟》这样的诗论集成、诗论分类的著作，其中提供了我们各方面的理论需要。明代的复古派，虽然在实践上的是非高下尚需评定，但其在研究诗歌史、总结诗学理论方面的成就，却是十分显著。尤其是胡应麟《诗薮》、许学夷《诗源辩体》，对于我们系统学习古典诗歌史，掌握其艺术上的源流演变的作用，可以说迄今还没有可以完全取代他们的著作。到清代，格调派、性灵派、神韵派，也都提出他们的创作主张。在合理把握他们的理论内核后，对今天的创作，我认为仍然各有指导意义。最后一位对古典诗论做出贡献的是王国维。他总结、更新了传统的境界论，并在西方理论的某种参照下，再构传统诗论，其境界说对现代的文学与文艺创作，影响是巨大的。

三

上面只是一个根据我自己的学习，对古典诗论发展史的一个梗概描述，当然是极不全面的。但根据上述事实，已经能够得出这样一个结论，即博大精深的古典诗论，在指导当代诗词创作上，其理论价值功能仍是任何其他的文学理论体系所无法取代的。即使在学术上，我们也极需要从当代诗词创作及当代诗词艺术的发展方面，重视研究古代诗歌史，重视认识古典诗论的价值。

由于篇幅的关系，在这里我无法对此问题展开系统论述，只是强调其必要性，并且根据自己的体会，例举一些古典诗人的经典诗论，说明其对我们体会诗词艺术的作用。

古今诗论很多很多，其中诗人自己谈诗，最值得重视。这些诗人往往并没有着意建构理论体系，但是他们论诗的只言片语，凝结着丰富的经验，指示性很强。比如杜甫就有不少讲述其写作心得的话，如"陶冶性灵存底物，新诗改罢自长吟。孰知二谢将能事，颇学阴何苦用心。"这几句话，对写诗的人就很有用，指导我们平日要以什么样的心态去学诗。写诗最忌草草应付，要反复修改，锤炼，前人又叫烹炼。有些是指示诗的艺术境界的，诗句要自然、新颖。如梁代谢朓语评王筠"好诗圆美流转如弹丸"。如果学过诗，对于这些话，感觉可能就不一样了。从前学理论，学文学史，没有自己的体验，学了总是外在的。对于古人的理论，也只能从概念与观点上去把握，体会不到古人用意之处、精妙之处，无法与古人真正对话。纵使有所阐述，也只能说你说的是你的，未必符合古人的原意。中国古代的诗学传统，就是这样失去的。今天希望大家努力地学，做到真正能够与古人对话，然后用我们现代人的思维方式与理论、学术表达方式，将它表达出来。

我刚才说过，中国古人诗论很多。结合创作来学习，会获益匪浅。我很想系统地从创作方面总结古人的理论，但心有余力不足。今天就讲两条我觉得对自己受用最大的诗论，一条是刘禹锡的，一条是梅尧臣的。都是他们反省自身写作经验的心得之语：

> 片言可以明百意，坐驰可以役万景，工于诗者能之。风、雅体变而兴同，古今调殊而理冥，达于诗者能之。工生于才，达生于明，二者还相为用，而后诗道备矣。(《刘禹锡集》卷十九《董氏武陵集纪》)

"片言可以明百意"，是对诗歌语言的要求，诗是最精练的语言。我们日常的语言，是用来交际的，传达意图、思想、感情。刘禹锡自己的诗，就是这样，风格很自然，但表现力很强。举一首大家也许不太熟悉的：

> 渡头轻雨洒寒梅，云际溶溶雪水来。
>
> 梦渚草长迷楚望，夷陵土黑有秦灰。
>
> 巴人泪应猿声落，蜀客船从鸟道回。
>
> 十二碧峰何处所，永安宫外是荒台。
>
> (《松滋渡望峡中》)

我们看句句洒脱无比，读过后回味无穷，禁得咀嚼。你看他的写景状象怀古，既自然明白，又富有境界。形象不是单薄的、平面的、线条化的，而是立体的、多层的，恍兮惚兮，其中有象。当然，古人这样的好诗还有很多很多。所以最重要的，还是要学古人。

还有一则是欧阳修转述梅尧臣论诗之语：

> 圣俞尝语余曰：诗家虽率意，而造语亦难。若意新语工，得前人所未道者，斯为善也。必能状难写之景如在目前，含不尽之意见于言外，然后为至矣。(《六一诗话》)

梅尧臣的这番话也很重要，尤其是"意新语工"四字，应该是写诗的座右铭。一首诗算得上是写诗，意新语工是最起码的。大家读古人的诗，也要特别注意于此。

总之，古典诗论中，这种可以启示创作的话头是很多的。袁枚的《随园诗话》也多经验之语，有一条我觉得对我们很有用：

少作由思涩，多作则手滑。医涩须多看古人之诗，医滑须用剥进几层之法。

平时作诗，要同时多读古人的诗，对于初学者来讲尤其重要。学诗最怕的是会写以后，就很少再读古人的诗，任自己的兴趣来写。那样的话，纵使有一些天赋、有些真情实感，仍不容易写好。当代写诗词的人，这方面的问题最大。袁枚说医思涩要多读古人诗，其实医手滑的根本办法，也是多读古人的诗。

《随园诗话》还有一条，对我们初学诗的人也有启发：

少年之诗，往往有句无篇，能通体完密者最少。京口左墉，字兰城，年才弱冠，而风格清稳。《舟过无锡》云："梁溪山色好，向晚放身行。名酒分泉味，吴歌杂橹声。人家多近水，杨柳半遮城。遥见夕阳里，长堤一线平。"《湖楼》云："夜静披衣坐，湖光浸满身。远山微有月，近岸寂无人。舟小渔成市，村孤树作邻。碧天凉似水，钟鼓报清晨。"《秦淮》云："客中无酒醉花朝，骑马闲行过板桥。蝶影乱飞芳草路，歌声争送白门潮。重寻旧院人何在，空对夕阳恨未消。惟有春来堤上柳，年年烟雨换长条。"通首音节清苍。（《补遗》卷四）

还有一条，是讲苦吟与平易关系：

陈后山吟诗最刻苦，《九日》云："人事自生今日意，寒花只作去年香。"郑毅夫云："夜来过岭忽闻雨，今日满溪都是花。"此种句，似易实难。人能知易中之难，可与言诗。（卷四）

袁氏论诗，注重灵感活泼，但也加意苦吟。这对于今日只知滔滔成咏者是一个启发。黄庭坚曾说"诗非苦思不可为"，当今诗坛，太多人不知道诗由苦吟的道理。初学写诗，《随园诗话》是可以参考的，因为袁枚论诗讲性灵，讲自然流露，不把诗看成是很神秘的事物。他举的许多诗，并不一定都是绝唱，但往往清新流便，饶有趣味，对于我如何构思、如何琢句，有启发作用。但是《随园诗话》只是入门，袁枚对于何为好诗的标准也放得特别宽。所以真正的取法的对象，还是要从唐诗中找。我们写诗，唐诗应该是主要的学习对象。

古典诗论是异常丰富的，对创作者来说，关键在于经常去注意，看看诗论、诗话，这样对提高创作，一定有好处的。总之，这是一个极其博大精深的理论宝库，也是民族文学的精华，如果通过当代诗词复兴这个机会，它能得激活，它的意义会是很大的。

古诗新赏

最堪清赏是奇诗

林 岫

"大可"为"奇"，自古以"奇"言术，皆属上佳。《庄子》说"是其所美者为神奇，其所恶者为臭腐"，认为"奇"具有奇趣非常、美妙新异等文化表述的意义。《老子》的"以正治国，以奇用兵"，似乎更强调"奇"变化莫测的神秘性。

北宋《百战奇谋》说"凡战，所谓奇者，攻其不备，出其不意也"。如果笼统说用兵之法，其实就是"常法为正，变法为奇"。两阵对圆，统统照兵书应战，用常规打法，那是"蠢打"，既无胜筹也无看头。如果独自变法运法，在预谋预备之外搞得神出鬼没而且打赢了，赢得敌方不服不行，这就是奇。

兵法如此，诗呢？

凡诗之声情雅趣，意外闪亮登场者，即诗之奇者。若按作法学论断，有奇字、奇句、奇意、奇法之分，泛而论之，又有奇情奇趣、奇思特见、声色擅奇、直正奇异、出奇制胜等，读者不可不知。诗家构思遣句得意，极似帅帐遣将用兵和弈者棋枰谋局运子，即使有些诗句貌似平平，用得恰好，兵卒抵得骁勇龙虎，也是奇句。

清代诗人李惺（1785—1863），号西沤，四川垫江人，嘉庆二十二年

（1817）进士，锦江书院主讲，颇具诗名。其名句"天心收拾易，国手主张难"语新雄健，虽有传诵，未必见奇，日久渐被淡忘。至光绪年间，枢政腐败。正值"清流派"的陈宝琛（1848－1935）视学江西，郁闷非常，便借唐杜甫《秋兴八首（其四）》的名句"闻道长安似弈棋"命题考试学子。以唐诗名句命题考试，本属惯常作法，但在国危乏才之际回应此题，实在太难下笔。因为议论"长安似弈棋"容易涉及政局，入题的深浅又恐关系到日后的进退，故应试学子笔下辗转忸怩，文气多不爽快。

据《国闻备乘》记，当时独有一位学子，犹豫间构思不及，便逮着现成的李惺陈句入诗应付交了试卷，出场仍然胆战心惊。没承想，竟得陈宝琛激赏，持卷"朗诵不绝，拔为高等"。学子应急所拾的陈句正是"天心收拾易，国手主张难"。二句虽属借言，但点中了史称"甲申易枢"时清廷弊害要穴，愣把慈禧霸权和重臣蹇政忽地曝晒出来，已属奇异；结果因为朝政混乱和内外交困，尽管陈宝琛诚惶诚恐，提心吊胆，以为大祸难逃，事后竟然未被贬谪，有惊无险，愈加奇怪非常。

李惺二句在彼不奇，在此则奇，适时善用，顿时焕发奇光异彩。李惺此诗之前，嘉庆、道光年间的皖人蔡雨庄，在栖霞岭拜谒岳飞墓时，也写过"旋转乾坤易，调和君相难。南枝有遗恨，莫向墓门看"，虽说南宋的"旋转、调和"影射时弊也讽意尖刻，终不如学子借李惺的锋芒一掷迅雷侥幸获胜，凸显惊奇。

奇诗出于奇思，而表达奇思，多得力于字奇和句奇。

奇响振出全句全诗精神，换他字不及者，可称奇字。唐李白"醉看风落帽，舞爱月留人"，"留"字奇；杜甫的"一片飞花减却春"，"减"字奇；韩愈的"谁劝君王回马首，真成一掷赌乾坤"，"赌"字奇；宋陈与义的"四年风露侵游子，十月江湖吐乱洲"，"吐"字奇。明薛沂叔《新溪小泛》的"柳断桥方出，云深寺欲浮"和诗僧渤季潭《屋舟》的"四面水都绕，一身天欲浮"，皆用"浮"字，似本老杜"乾坤日夜浮"来，虽不及老杜清奇，也能令读者眼目一新。

句奇，在历代经典诗词中并不罕见。唐李频的"近乡情更怯，不敢问来人"，曹松的"凭君莫话封侯事，一将功成万骨枯"，杜甫的"三分割据纡筹策，万古云霄一羽毛"等，皆奇思生发，自然警醒非常。据《苕溪渔隐丛话》，高丽国有使节乘船渡水，忽来诗兴，方得"水鸟浮还没，山云断复连"二句，站立一旁的诗人贾岛佯作艄翁，接句道"棹穿波底月，船压水中天"，高丽使节闻之震撼，"嘉叹久之，自此不复言诗"。公平论断，贾岛的上句"棹穿波底月"确实精彩生奇，但"水中天"随带"波底月"说下，稍有重复之嫌，加上"船压"无法媲美"棹穿"，下句逊色，美人掌应对壮夫拳，难免留下遗憾。

生老病死乃永恒诗料，人生百年旅途，顺逆不一，感慨也当万千。逝前自挽，颇多悲调，偶有异声独唱，发噱告别者，最耐细味。例如宋薛嵎的"未必浮生于此悟，算来忙处为人多"和"合眼便为泉下鬼，此生康济莫宜迟"，直言疲于忙碌和疏于养生，写出悔意；明伊策的"早脱鸡群方傲世，老思蝉蜕更为家"和邹智的"活水照人真宝鉴，浮名于我本虚舟"，临终依然清高蔑俗，写出傲气。虽然上举四诗都有奇趣，但构意不见奇思特异，总觉着用智似韩信而非狄青。

自挽诗奇胜者，可举清钱塘诗人杨椒水的《绝笔》。杨公平日癫狂诗酒，性格狷介，元宵节因病卧床不起，遂赋绝笔，"傲我乾坤醉复顽，惊他岁月去难还。人生安得元宵死，一路灯光到冥关"，竟以灯节火树银花能陪送黄泉犹自庆幸，用矫反主意法，戏谑化解悲痛，奇响非凡；料那字面上的几许得意，正是诗人逝前彻腑的几声哀恸。读者拍案惊奇，应知刘熙载《艺概·文概》谓写诗"认题立意，非识之高卓无以中要"，原来可以如此出人头地。

两句对出，或谓出奇应须般配，故历代诗论家，譬如明代榭榛《四溟诗话》要求"联必相配，健弱不单力，燥润无两色"，视"美人掌对壮夫拳"为诗病。依拙见，如果真是佳句，奇有参差，或呈现非对称之美，纵不般配，也不必一概抹杀。

前人诗中，颇多上句奇而下句不奇者，例如唐杜甫吐述困苦无奈的"三年奔走空皮骨，信有人间行路难"（因果），清金兆燕描绘月光入林的"白练一绳穿树月，青螺几点隔江山"（衬色），换个角度，读出若无下句补意陪衬，焉能显足上句思路的开拓奇特，是一种读法；读出诗人巧用造境善写情状，方知"忽逢幽人，如见道心"（唐司空图《诗品》）也是一种读法。

上句不奇而下句奇者，例如金元好问怜惜战乱漂泊的"黄花自与秋风约，白发先从远客生"，清张问陶感叹旅途颠沛的"梦中得句常惊起，画里看山当远行"等，拾级攀缘，品位易见高低。如果清茗佐读，竟然读懂那低涧托出高峰的用心，"斯术既形，则优劣见矣"（刘勰《文心雕龙》），也很练眼力。

比较见奇，是聪明读者发现奇诗常用的方法。例如写夜半读书，难免牵扯灯火照明之类，唐于鹄的"传屐朝寻药，分灯夜读书"，宋黄庚的"松薪拾去朝炊黍，渔火分来夜读书"，杜清献的"奇抱叹皓首，败屋挑寒灯"皆是佳句，总嫌与"灯火"纠缠过紧，未得见奇。若以宋魏野《题白菊》的"何须更待萤兼雪，便好丛边夜读书"，传如禅师《湖上秋兴》的"明河莹彻清于昼，坐抱清光夜读书"等比较，避开熟俗的"灯火"，巧借白菊或明月清光读书的那番若即若离，信虚实相济也能辟出蹊径，自有几分新奇。

因"夜读"题材熟俗，颇难生新，苟有跳脱且"出得如来手心者"，不奇都难。北宋画竹大家文同也爱夜读，其《夜学》诗有"文字一床灯一盏，只应前世是深仇"，说夜间做伴唯书籍与灯盏二物，此等句大约人人可得，不奇。后句说二物于己，好像前世有"深仇"似的左右奈何不得；读书，非爱也，乃前世深仇也；以仇言爱，反手出奇，此等句万人难得，"非奇而何"？

宋"九僧"诗有"县古槐根出，官清马骨高"，二句皆倒因果，拈出细节特写作评，以小见大。因见槐树有老根出土知此处为古县，见瘦马骨立知此处官风清廉。二句相较，后句构思之奇，更加难得。相同诗例，有宋杨朴的"年年乞与人间巧，不道人间巧已多"，清梁同书的"到底人间胜天上，不然刘阮不归来"等，前句铺垫，后句思奇，抖擞出得精神，转出余韵无尽，也是诗家跳脱手段。

人生不易，饱经沧桑磨砺的诗人处非常境，往往易得非常之诗。但逢此类诗词，切勿放过。例如古代因诗罹祸，或政治风险之中面对非生即死的人生遽变，其人其事其诗，大都难逃"奇险"二字。乾隆四十三年（戊戌，1778）"紫牡丹诗案"即是一例。

诗赋牡丹，品第以皇苑魏紫、豪门姚黄等为正色，多从富贵荣华、花王尊显等落想，千秋几成俗套。清诗人徐珂曾有一首《咏紫牡丹》，昂扬别调，尤以诗中"夺朱非正色，异种也称王"二句，矫矫脱俗，最得友好赞赏。没承想，徐公正在得意，却被仇家揭发，谓此诗"夺朱"（夺去明朝朱家天下）及"异种"（谩骂清朝乃异种称王），皆暗传崇明反清的"逆反歹意"。因为此诗"悖逆严重"，忽地惊动朝廷。乾隆当然用不着亲自动手，对汉族文人论罪处死，高招是敕令汉吏审理。汉吏胆小，勘核只严不宽。当时刘墉任江南学政，奉旨严查，最后徐公惨被戮尸，子被绞决，血铸冤案，震骇天下文心，二句也因此遍传九州。事见《梵天庐丛录》《蜇存斋笔记》等，料无虚撰。另有《清朝野史大观》等"以作诗、戮尸皆误作沈（沈德潜）"，张冠李戴。《南巡秘记补编》记之尤详，可检。

若非政治陷害，《咏紫牡丹》的"夺朱非正色，异种也称王"，语精意洽，足称清诗奇句。纵以唐司空图《诗品·清奇》观之，也够得上"神出古意，澹不可收"那标准的。只是乾隆要威震天下，数年内连续办理数十桩针对汉诗文的"文字狱"，血刃淋漓间还真的染就了"盛世咸宁"的大旗，待到南巡快乐归来，虽然那"紫牡丹诗案"早已尘埃荡然，但奇句未泯，幸存至今，也是天意安排。

其实，当时包括刘墉在内的朝野文人都非常明白，"夺朱非正色"不过是古贤名句翻新。古以红紫非正色，由来已久，后人渐渐时兴红紫为贵，应是化俗为正，物极必反。宋朱熹《论语精义》阐发孔子所言"非正色"的缘由，就说过"何以文为红紫（即）'非正色'，嫌于妇人女子之饰"（为何以红紫为'非正色'，应是嫌其妇女装饰常用此色），又北朝魏的高允早有"乐非雅声则不奏，物非正色则不列"等，皆有此种议论。乾隆饱读汉籍，未必不知，忽地以"非正色"铸成奇冤，实则更恶其"异种也称王"也。

南宋也有一桩紫牡丹奇事。据《如皋志》载，南宋淳熙间（1174—1189），如皋"东孝里庄园有紫牡丹一本，无种而生"，花开奇异，某官激赏，欲移株至私邸园中，方掘土，见一石，上有题诗曰"此花琼岛飞来种，只许人间老眼看"，某官惊骇，遂不敢再移。自此，每逢紫牡丹盛开，乡民必于花前宴会。当地有位李嵩长者，从八十岁赏此紫牡丹直至一百零九岁，历时二十九年。

花下埋石，石上刻诗，能警戒盗花官吏，竟然还能预见李嵩老翁百岁高寿，事奇，但刻诗不奇，留下遗憾。后之读者，大约觉得石诗与事奇不配，改动两字成"此花琼岛飞来种，不许人间俗眼看"，强化了蔑视和威镇奸邪的语气。又"老眼"所指范围模糊，不如"俗眼"精彩许多，幡然成了奇句，也挺有意思。

能从诗预测未来，说得煞有其事，当然少不了好事者的杜撰，但可供预测的诗，多半都有发人深味的奇句，颇堪一读。据明代《涌幢小品》记，大才子杨士奇年十五岁时，曾与好友陈孟洁同去拜谒刘伯川，因为二人父辈皆刘公好友，故受到热情款待。一日雪霁，景色奇丽，至饮酒酣畅之际，刘公命二人"赋诗明志"，欲勘未来。

陈孟洁先得诗曰"十年勤苦事鸡窗，有志青云白玉堂。会待春风杨柳陌，红楼争看绿衣郎"，前半首尊题说勤苦有志，第三句转砣，期待苦尽甘来，春风吹拂，也是佳句；然而结到"红楼争看绿衣郎"（红楼美女争看青衫俊男），格调不高，志趣未免流俗败兴。

杨士奇亦得一诗，曰"飞雪初停酒未消，溪山深处踏琼瑶。不嫌寒气侵人骨，贪看梅花过野桥"，首句点明时空，次句交代人事，转砣明言"寒气侵骨"，结句更进一步，说即使溪山深处必须渡过野桥，为"贪看梅花"也不畏前途艰难，定要笃志功成。后二句奇逸，妙传主意（明志），向为后来读者盛赞。杨诗说探梅，初读一过，以为离题，跟刘公要求的"赋诗明志"似无干系，但细心读来，却字字关情，无一空闲，诗好句奇。

对二人诗，刘公评点也比较到位。评陈孟洁诗："十年勤苦，莫非只博红楼一看耶？不失一风流进士！"回头评点杨士奇诗："寒士，乃鼎鼐之器也"；又道"人有不为也，而后可以有为。子其勉之，惜予不及见也（你好好努力，可惜我年老，不能看到你出息那天了）"。鼎鼐之器，即国之栋梁重臣。后来，果然如刘公评点预料的那样，陈孟洁中得进士，平庸无为，以庶吉士终老；杨士奇，累官少师，华盖殿大学士，诗名远播，为明初大家。

奇诗关系志向才学，也关系品格气节。或谓"忠直者诗易奇，奸佞者诗不易出奇"，此话因有印证，似乎有些道理，但不绝对。

南宋祥兴元年（1278），右丞相文天祥在五坡岭战败，被元军俘获，押解过零丁洋（今广东中山南）时，元军汉将先锋张弘范威逼文天祥作书招降宋将张世杰等，文公挥笔书《过零丁洋》七律明志，决意与宋共存亡。此诗结二句，"人生自古谁无死，留取丹心照汗青"，正气凛然，光照日月，赞以"为千秋英烈一吐肝胆"的奇句，亦不为过。不久，张弘范率水陆大军于厓山击溃张世杰残部，陆秀夫抱幼主赵昺投海双亡，南宋翻页。张弘范在厓山海岸勒石铭功而返，越一年，四十三岁卒。文公被押解大都（北京）后被囚三年，狱中作《正气歌》，生无愧，死无憾，血泪忠愤之情炼就奇篇，最后赴柴市刑场，仰天一叹"吾事毕矣"，昂首就义。

张弘范何人？河北易州豪强世族子弟，其父张柔为蒙古灭金驰马征战有功。其人骁勇善战，可惜在国势沦亡之际拜错主子，助敌为虐，二十六岁受顺天府监民总管，佩金虎符，威风凛凛，所向披靡，十五年后督军灭宋。与"宁为忠臣，耻作谀仆"的文天祥正好相反，张弘范生而叛国，死而负义，纵官至镇国上将军，蒙古汉都军元帅，亦终归不耻。意外的是，张弘范诗词曲俱擅，其《淮阳集》中不乏佳诗奇句，诸如"天产我材应有意，不成空使二毛笔""明朝飞过龙门去，直挽东风下赤城"，未必没有壮志；"说与密云休吝雨，一犁早足老农欢""举目山川浑各异，伤心风景不相同"，未必没有柔情；"可怜一片肝肠铁，却使终遗万古羞""奔驰世外心千里，参透人间梦一场"，未必没有醒悟。然而，"但教千古英名在，不得封侯也快人"的名利欲望，最终葬送了"少年飞将"。灯下捧卷，读至"此外谁无名利念？红尘千丈尽悠悠""惜花人在东风外，更比莺儿燕子愁"等奇拔诗句时，颇生感慨。骆宾王一檄，文天祥兵溃，文人逞勇，勇护社稷，但留清气，虽败何伤？如张弘范等，鹰犬自辱不说，还"陪葬"了非常文采，最后身名俱灭，竟遗万古之羞，能无惜哉！

明代曹臣《舌华录》记有明初苏州隐士王宾与太子少师姚广孝的一段对话。姚广孝见老友王宾久住西山不出，很奇怪，问"寂寂空山，何堪久住"？王宾回答，"多情花鸟，不肯放人"。王宾的回答，看似随意，却颇有雅趣。后之读者沉吟玩味，一则觉得若非隐士王宾，他人道它不出；二则姚、王主客对答，平仄合律，俨然四言诗摘句，皆叹为奇语。不说自己久隐不出，偏偏归咎"花鸟多情，不肯放人"，这是晋人清谈常用的"借物言情法"，曲笔。读出雅趣，一种读法；读出奇语，又一种读法。细腻风光不在掠眼一过之间，读者不可不知。

平淡生奇，最为难得。

清梁章钜《楹联丛编》辑过佛寺一副无名氏奇联，曰"愿将佛手双垂下；摩得人心一样平"，虽然对面话语，直道心愿，但语意新奇。奇在心愿极简，话语极淡，对仗极工，寄意极深，却道出古今之未曾想，而尘世人心的雅俗清浊，洋溢诗外，何须赘言。但逢此类奇联，犹如金鼓镗鞳由远及近，渐次味深，愈觉震撼，望勿轻易放过。

近代吴恭亨《对联话》评晚清曾国藩一副自警联，为"老木槎牙，奇拙可味"，亦属此类。其联曰"养活一团春意思；撑起两根穷骨头"，作于咸丰九年（1859）十月十四日，曾公《日记》可检。"一团""两根"，用数，妆点。上联"养活春意思"，思，读作去声，说自强于精神蓬勃；下联"撑起穷骨头"，说勉力于困境笃行。穷，指困厄弥坚。话语轻松，实则社稷大臣临危受命的担当，已经让曾公精警抖擞，却擅自放宽心态，调侃出"老木槎牙"的森严气象，确实奇拙可味。

笔者读诗词文联，素用缩、放二法，意指宏观、微视并举，方便深沉阅读。仍以联语为例，容易一目了然。例如近代汉口中大轮船公司曾悬一四言小联，曰"中流击楫；大雅扶轮"，虽然庄雅贴切，但其貌不扬，匆匆一瞥，不过写船家行当，击楫扶轮之类，观者多有忽略。如果放大解读，"中流击楫"语出《晋书·祖逖传》，因祖逖击楫发誓，说过"不能清中原而复济者，有如大江"，故历来建功立业者常借祖逖言，表白笃志功成的决心；又"大雅扶轮"语出北周庾信《赵国公集序》，意指扶持风雅正风的重要，故"汉武帝渡汾河大雅扶轮而歌《秋风辞》"，自信满满，豪迈无比。如此大小由之的解读，不难知轮船公司的志向和豪情大义。不同文化层次的解读，大小深浅各有所得，精悍精彩到一字一处换它不得，应属奇联。

清代江都（今安徽和县东北）县衙厅事楹联，是一副比较著名的官署联，"俱胸次光明，方许看广陵月色；听民间愁苦，莫认作扬子涛声"，警戒严正，用语磊落。放大观之，说为人须胸次正大光明和为官要关心民间愁苦，分明是官箴训则，每日抬头必见，正好检点反省。其上联正说，下联反说，双管齐下，强化了训诫语气，还妙在快意喷薄，爽有奇气，读来并不沉重。如果由小处观之，不过形画了范仲淹"忧乐"二字，即是说，若不能与民共忧，也不可能与民同乐，看广陵月色，听扬子涛声。此类短语不以淹博为性情，信手拈来，多有奇趣生焉。

奇句，很在乎何处使用；此处不奇，彼处却奇，总归随法生机，能妙造自然为上。五代诗人唐求有"恰是有龙深处卧，被人惊起墨云生"，看也寻常，如果专为洗砚而咏，则当叹为奇句。被评为"能以香山（白居易）之性情，运少陵（杜甫）之气骨"的清代诗人林松，有"忙边捉难住，闲里忘偏来"二句，貌似平淡，查检方知是写苦吟推敲的名句，漫作吟味，知他专拣平淡道来，绘声洽情，竟也添了几多奇趣。

昔读明代以布衣身份召修过《元史》的才子王彝摘句，至"偶为美名图百合，不知南北已瓜分"，猜出题画百合花不难，用语毕竟平常，后来查检出原诗是《题宋徽宗画百合图》，不由人不叹绝。北宋靖康二年（1127），宋徽宗钦宗被掳，后妃宗室及大批官吏内侍、宫女技匠，又礼器法物、图书库积等，也为金军一并劫去，国耻辱及天下。至此，有宋以来的前九帝，历时一百六十七年，史称北宋。五月，康王赵构在南京即位（今河南商丘南），是为高宗，南宋开场。王彝二句显然是嘲讽朝夕沉湎书画的宋徽宗治政不力，说他企望"百事和合顺遂"，却不知危机四伏已至江山倾圮。朝廷奢侈腐败，对外割地赔款，一味迁就，而边关兵将又长期懒散闲逸，兵败山倒，不亡何如？大宋被南北瓜分，存亡各半，这是当年自命有"南唐李煜风流"的宋徽宗始料未及的。"美名图百合"写前事之喜，"南北已瓜分"说后事之怆，哀乐对比，精警意奇。无独有偶，明初大诗人高启也援笔题过此画，"不知风雪龙沙地，还有图中此样春"，问被掳北方荒寒地的宋徽宗有否反思和悔意，虚拟的弱弱一问，到底不如王彝直接指斥宋徽宗，揭出北宋存亡之恨更尖刻有力。

奇句也在乎何人所作；彼人不奇，此人却奇。例如"谋身拙为安蛇足，报国危曾抒虎须"，唐季著名诗句，传播广远，就是不明作者是谁，或谓韩偓（小字冬郎），或谓吴融，众说纷纭。韩、吴二人履历相似，同朝同第进士，又同为翰林学士，传世佳句究竟属谁，颇难决断。后来北宋王安石精选唐律，指认韩偓此诗，意非忠诤奇伟之韩偓不得有此奇句，读者知趣会意，自然没得话说。

王安石明眼，韩偓的确并非等闲之辈。韩偓十岁能诗，曾得姨父李商隐赏识。李大诗人感慨之余还写过《韩冬郎即席为诗相送一座皆惊》，诗中为韩偓等后俊小生"点赞"的"雏凤清于老凤声"，也成了脍炙人口的奇句。后来，韩偓登进士第，召拜左拾遗，迁刑部员外郎等，定策诛杀奸宦刘季述，又因不阿附权贵得罪了朱全忠，结果一再遭遇贬谪，其"忠愤之气，溢于句外"，寄托于诗，遂有《玉山樵人集》传世。清代学者沈德潜评韩诗"一归节义，得风雅之正"，也为之肃然起敬。

至清《四库全书提要》奉旨定评，二句诗得纪晓岚等文史泰斗首肯，评语曰"韩偓心在朝廷，力图匡辅，以孱弱之文士，毅然折逆党之凶锋。其诗所谓'报国危曾抒虎须'者，实非虚语，纯忠亮节，万万非（吴）融所能及"，剖析崭然有理。这就是说，后人宁信清肃中正的韩偓有此诗句，愣要小瞧吴融，吴融支持者只能嗟叹奈何。看来，刚正气节语当属英杰，则倍添精彩奇特；若移归他人，黯然无色，则是荒废奇句。能得古今读者向往德善的认可，信天公自有安排，大概也是读诗的一个硬道理。

写清奇之物，易得奇诗。譬如写梅，古今高手云集，奇诗多多，经常翻检诵读，或可豁胸襟，涤俗尘，也能"养活一团春意思"。明初诗人高启有"雪满山中高士卧，月明林下美人来"，是写雪梅的奇句，其奇景、奇色（以雪、月、梅"三白"设色）、奇情最为宋后诗家激赏，但总觉得精心打造的篇章，会伤害天真之趣。宋陆游在花泾观梅终日不归，友人寻来，陆游以"不须问信道旁叟，但觅梅花多处来"作答，痴迷如此；又爱梅到突发奇想，"何方可化身千亿，一树梅花一放翁"，清狂如此，俱世间少有。若以陆游二诗相较，后诗奇矫，虽然夸张至极，但从容自在，不由人不信。

平淡生奇的诗，通常需要借助一些奇妙的诗法来凸显主题。宋杨万里的"小荷才露尖尖角，早有蜻蜓立上头"（点线）、"接天莲叶无穷碧，映日荷花别样红"（设色），明徐渭《题王元章画倒枝梅》的"从来万事嫌高格，莫怪梅花著地垂"（正话反说）等，皆巧运诗法而无斧凿缝合之痕，倒也难得。

梅诗见奇，构意和诗法都能胜出的，笔者比较看好的是杨万里的《庆长叔招饮一杯未釂，雪声璀然，即席走笔，赋十诗》（其五）。前二句写"雪正飞时梅正开，倩人和雪折庭梅"，首句时间，次句人事，皆明言"雪"与"梅花"，诗法称"两两对举"，读来新颖，似不见奇。后半首全对折梅人言，用叮嘱语，"莫教颤脱梢头雪，千万轻轻折取来"，深情语出，奇崛非常，忽然抖擞全篇精神。爱梅及雪，奇情奇句；第三句明说雪，暗去梅花，又尾句索性雪与梅花统统暗去，虚实明暗，运法圆转如丸，清新自然如此，确实"活泼刺底，人难及也"（金李屏山评语）。

杨公诗风雅自是，号"诚斋体"，得陆游盛赞为"文章有定价，议论有至公。我不如诚斋，此评天下同"（见《谢王子林判院惠诗编》）。南宋以后步趋者甚多，然而成功者甚少，究其原因，一则欠缺杨公平淡出奇的天真风致，一则在技法上历练平淡出奇能"时至气化，自然流出"的活法，更非易事。诗贵自然活泼，刻意雕琢，骛奇反而失奇，用《文心雕龙》的话说，就是"翠纶桂饵，反所以失鱼"。研读杨公奇诗，能无警醒？

（原载于《光明日报》2018年6月1日）

合璧联珍

周逢俊诗词作品选

周逢俊，别名星一、与青，斋号松韵堂 、庄房别馆，清华大学美术学院山水画高研班教授，北京师范大学启功书院艺委会委员，安徽省美术家协会顾问，安徽省中国画学会副主席，长城书画研究院名誉院长，周逢俊美术馆馆长，中国美术家协会会员，中国散文学会会员，中华诗词学会会员。

暮春吟

春回方悟惜春迟，欲觅芳踪已不知。

烟渡鹧声萦晚棹，花林萤火照残枝。

轻挑柳絮惊虚度，漫捡萍心忆别离。

境转天涯催客老，半怀愁绪半怀诗。

渔阳怀古

疏钟隐隐入黄昏，林下轻烟绕旧屯。

武定惊心狂万骑，骊山快意扭肥臀。

逼川已被胡儿累，残梦犹缠古殿魂。

鸦噪血光龙虎地，街前一叹感余温。

登峨眉山遂题

金龛宝殿有谁知，岁象阴晴总合时。

白水秋风听夜鼓，残云玉露待晨曦。

贪官怠政祈香火，百姓求安到烛池。

今古是非谁悟了，怅怀何处问峨眉。

九寨沟即景

天堂有韵妙难书，造化人间景未孤。

三叠瀑狂垂白玉，一坡水激跳珍珠。

雨来勃郁潮声起，云去清莹海色殊。

境转幽深人未解，风幡举处散秋符。

李白故居即题

灵心接地气，禀性自天酬。

放浪行江海，飘然入九州。

文章惊翰墨，诗赋足风流。

大野留明月，还期仗剑游。

杜甫草堂题感

茅屋千年别样秋，千年圣地意方遒。

雁鸣落叶风声碎，猿啸青山雨气稠。

朝野风光惊客梦，江河波浪诉民愁。

谁怀苦难吟家国？孤影蹒跚一小舟。

初春感怀

读罢窗前眺远岑，高楼独自赏天音。

清闲细品庄生味，淡定常怀孟子心。

怎至崦嵫明白晚？古来尘世是非深。

欲寻快意邀明月，更与桃花赋上林。

梨园春色（2015年）

游天一阁

池馆寒烟冷落中，犹凝残雪满疏丛。

楼台旧地多余韵，黄帙回廊见浅红。

经史何曾埋峻骨，栋梁犹自起罡风。

长宵欲对东明诉，到此与君邀醉翁。

自 题

我本山中自在人，云心出入不沾尘。

愿将画作才情寄，敢把诗当正义伸。

宁枕残书销魇梦，忌描俗卷骗财神。

身支老骨应风雨，要与梅花共一春。

清 明

晓雾初开陌上新，朦胧恍入故园春。

山匀杏雨迷离景，水漫芦烟缥缈尘。

久寄都城犹作客，偶归故里却成宾。

梦回但见松冈远，野火年年照旅人。

故园吟

花争暖树小村前，为报归程春已先。

故老开颜叨旧事，邻童绕膝指新迁。

松冈带露云烟杳，涧底回风鹤影玄。

浪迹天涯三十载，残杯一梦对山圆。

谷雨偶题

无奈阴晴总感伤，春阳半暗雾轻扬。

林花倦影随风雨，柳絮愁心任渺茫。

每向画楼听鸟语，时回故邑品茶香。

乡思不计天涯远，苦旅谁知江水长。

题《黄山天都松》

岩隙盘根度寂寥，死生不计自逍遥。

清高不羡蟾宫桂，韵雅当横碧玉箫。

欲把冰魂凌皓月，更撑铁骨对寒潮。

浩然养我青云气，只待东风矗九霄。

秋鹭图（2007年）

江城子

普救寺访西厢

梨花深院转回廊。满亭香,觅红娘。风摇竹影,依旧过西厢。山寺月光听佛鼓,春寂寂,夜苍苍。　　多情无奈为情伤。影彷徨,口难张。莫如月下,一跳过高墙。只好平生留一叹,人已老,羡张郎。

龙峡湖游观(2017年)

名家诗词钞

柳亚子诗钞

林 峰 辑

柳亚子（1887—1958），江苏省苏州市吴江区黎里镇人。创办并主持南社。曾任孙中山总统府秘书，上海通志馆馆长。"四一二"政变后，被通缉，逃往日本。1928年回国，进行反蒋活动。抗日战争时期，与宋庆龄、何香凝等从事抗日民主活动。曾任中国国民党革命委员会中央常务委员兼监察委员会主席、中国民主同盟中央执行委员。新中国成立后，柳亚子曾历任中央人民政府委员、全国人大常委会委员。

感事呈毛主席

开天辟地君真健，说项依刘我大难。
夺席谈经非五鹿，无车弹铗怨冯驩。
头颅早悔平生贱，肝胆宁忘一寸丹！
安得南征驰捷报，分湖便是子陵滩。

自题磨剑室诗词后

剑态箫心不可羁，已教终古负初期？
能为顽石方除根，便作词人亦大痴。
但觉高歌动神鬼，不妨入世任妍媸。
只惭洛下书生咏，洒泪新亭又一时。

陈陶公

半载春申江上住，与君肝胆最相知。
临歧珍重长亭柳，不许行人折一枝。

次韵和陈巢南《岁暮感怀》之作

朔风凛凛天如死，和汝新待忍放歌？
沧海横流原此际，疾风劲草已无多。
凤鸾罹网全身少，魑魅骄人奈尔何？
我欲天涯求死所，十年磨剑悔蹉跎。

又

匈奴未灭敢言家？揽镜犹言鬓未华。
赤县无人存正朔，青衫有泪哭琵琶。

入山我愿群麋鹿，蹈海君应访斗槎。
留得岁寒松柏在，任他世网乱如麻。

纪　诗

吾乡陈季子，磊落复英奇。

不远关河阻，殷勤尺素驰。

遗闻珍义侠，喜气溢门楣。

扬讫千秋事，如君信可师。

又

欲息乡邦事，萧条泪万行。

阳秋今不作，文献久沦亡。

绝学唯君在，论文许我狂。

昔贤如可起，回首意苍茫。

有悼二首，为徐伯荪烈士作

（选一）

胡尘遍中原，侠风久不作。

史公起东粤，手揭荆高幕。

王万更延陵，联翩踵芳躅。

惜哉剑术疏，遗恨终寥廓。

桓桓东海君，祖烈中山族。

投身入穷庐，缨笠不辞辱。

怀人诗十章之章太炎

素王不作《春秋》废，大义微言一脉尊。

却愧鲰生百无似，也曾立雪到程门。

题《张苍水集》

北望中原涕泪多，胡尘惨淡汉山河。

盲风晦雨凄其夜，起读先生正气歌。

又

起兵慷慨扶宗国，岂独捐躯为故王？

二百年来遗恨在，珠申余孽尚披猖。

又

廿年横海汉将军，大业蹉跎怨北征。

一笑素车东浙路，英雄岂独郑延平！

又

延津龙剑沉渊久，出匣依然百炼钢。

抱缺守残亦盛德，心香同热谢余杭。

吊鉴湖秋女士

饮刃匆匆别鉴湖，秋风秋雨血模糊。

填平沧海怜精卫，啼断空山泣鹧鸪。

马革裹尸原不负，蛾眉短命竟如何！

凭君莫把沉冤说，十日扬州抵得无？

又

漫说天飞六月霜，珠沉玉碎不须伤。

已拼侠骨成孤注，赢得英名震万方。

碧血摧残酬祖国，怒潮呜咽怨钱塘，

于祠岳庙中间路，留取荒坟葬女郎。

有怀章太炎、邹威丹两先生狱中

祖国沉沦三百载，忍看民族日化离。

悲歌咤叱风云气，此是中原玛志尼。

赠邓子平

嘘寒问暖费经营，豪气能消邓子平。
出入车鱼宁有憾？播迁吴粤岂无名！
狂奴肝胆吾轻剖，琐事眠餐汝总成。
自是人间美男子，翻疑母性太多情。

念奴娇

余在海上，慧云有词见寄，即步其韵

小屏红烛，正去年今夕，与君相叙。间息寻消刚一载，料理重逢偏误。幽怨词笺，峥嵘剑气，迟汝从头絮。一灯古店，低徊往事如许。　最怜絮迹萍踪，天涯地角，哀怨谁能语？江左夷吾无恙在，歌泣新亭何处？南国行人，西湖狂客，迢递双鱼素。晨星寥落，海天无限凝伫。

金缕曲

哲夫作枯笔山水一小帧见赠，为订交

拔地奇峰起。笑平生郑虔三绝，君真多事。挥洒烟云来腕底，灵气胸中未已，看枯木寒山如此。尘海茫茫无我席，算此身合向山中死。负汝者，有如水。　故人万树梅花里。记当年卜邻有约，而今何似？恨海精禽填不得，付与凄凉眉史，侬已厌伤心滋味。只恐人间无此境，便夸娥移也非长计。图一幅，且休矣。

海外诗鸿

海外汉诗辑录

陈小明 辑

◎ 黄庆辉

96岁，著名侨领，全球汉诗总会荣誉顾问，澳大利亚悉尼诗词协会顾问，澳华文化杰出贡献奖得主。

回乡拜祖感怀
先祖开基磨难多，离乡背井苦奔波。
天涯海角思乡梦，衣锦荣归有几何？

题王悦耀竹画
深崖幽壑漫云烟，老竹凌空气岸然。
雷击霜侵根愈固，龙孙茁壮节更坚。

◎ 乔尚明

中华诗词学会会员，全球汉诗总会澳大利亚分会顾问，悉尼诗词协会创会会长、永远荣誉会长。著有《霜叶诗稿》。

秋 思
悉尼三月桂枝香，瑟缩秋风雨送凉。
望去星空无北斗，行来云路有南洋。
客居异国离愁远，独立斜阳孤影长。
梦里兰陵春色满，芜青稻绿菜花黄。

塔斯曼尼亚原始森林
拂云蔽日晖光秘，幽暗阴凉暑气微。
倒木横斜行径杳，落泉断续雾花飞。
虬枝华盖三千尺，老干龙鳞数十围。
翠晕苍苔工匠巧，生机满目透林霏。

◎ 陈炳均

原悉尼诗词协会会长兼《南瀛诗荟》主编，现为悉尼诗词协会永远荣誉会长，全球汉诗总会澳大利亚分会顾问。著有《飘蓬吟草》《飘蓬诗文集》。

阳台赏彩鹦

天成彩羽小娇娆，日日飞来慰寂寥。
敏捷回旋青草地，从容直上碧云霄。
转身试效霓裳舞，鼓舌能吹弄玉箫。
南国安居真有幸，相亲咫尺乐逍遥。

鹧鸪天

中秋怀远

赤道中分两半球，南瀛春色故园秋。黄花弄影迎佳节，皓月当空照小楼。　波渺渺，兴悠悠。岐江入梦作神游。何时再度翻寻味，菱角田螺紫芋头。

◎ 陈玉明

澳大利亚中国文化友谊联合会会长，澳大利亚书法家协会常务副主席，悉尼作家协会副会长，悉尼诗词协会顾问，全球汉诗总会澳大利亚分会会长。著有《漂洋诗魂集》《陈玉明书画艺术》等。

木兰花慢

赋青草

绿绒茸遍野，沿坡漫，碧无边。向天际穿梭，盘根交错，一味绵延。任凭风刀霜剑，望青丝缕缕翠依然。未敢出人头地，尽思阴蔽民间。　狂飙旋倒树成千，唯尔乐安闲。奈冰雪严寒，骄阳似火，筋骨犹坚。常遭铁蹄蹂躏，忍悲伤昂首笑抬肩。留得青山常在，何愁血脉无弦。

漫步悉尼加拿大湾

繁花不论季，沿路竞开颜。
拂面透清爽，赏心得雅娴。
枝头鸟吟唱，草上蝶翩跹。
疑是蓬莱境，飘离人世间。

题悉尼大桥（回文）

高桥跨海近南天，绝妙歌场剧院前。
涛浪兴风和乐曲，宇楼傍水映廊檐。
悄悄静赏观佳景，澈澈清流汇美湾。
潮涨看霞金灿灿，飘飘彩色染云烟。

◎ 何 芳

全球汉诗总会澳洲分会名誉会长，澳华雨轩诗社会员。

临江仙

看 海

梦卷流云翻作浪，凭高一览从容。回眸知在最高峰。潮来风乍起，潮去落霞红。　寂寞黄昏怜月瘦，乡情涂满长空。半生南北复西东。诗心无限阔，天地我怀中。

闲 读

坐爱年华一脉香，芸编静捧敞心窗。

芳菲描作春秋色，神韵融成水墨妆。

眼里闲云凭远近，袖边风月独清狂。

由他前路崎岖甚，绝顶风光欲丈量。

行香子

记澳洲十年

检点平生，莫问曾经。斜阳外，浪里舟轻。风云际会，看取新晴。借半壶酒，一弯月，满天星。　人生况味，剩了豪情。又何必，忍向身名。一肩冷暖，欲寄无凭。便忆江南，采桑子，踏莎行。

又

看惯人间，灯火阑珊。道今生，月为谁圆。待寻来处，许爱随缘。任暗香动，流星过，内心安。　回眸一笑，往事嫣然。借东风，描个斑斓。相忘物我，淡了悲欢。且伴秋菊，赏秋月，共秋蝉。

诗词创作之用典

张海鸥

　　说到诗词创作的普及与提高，人们往往认为白描、不用典、大白话、读者容易看得懂是普及，而渊雅的风格和善用典故则属提高一路。其实这样理解并不准确。白话易懂之作艺术水平未必低下，诗词史上许多大家名家的经典之作，往往正是自然流畅、明白如话、雅俗共赏的。渊博典雅首先是个文化元素多少的问题，就诗词艺术而言，只有渊博典雅的辞藻和典故，未必就是高水平佳作。许多作者为了显示自己有文化，就刻意炫耀学问，堆砌典故，其实那不是真正的高水平，而只是提高了阅读难度，未必就提高了诗词的艺术水平。

　　其实渊博典雅不只是辞藻雅致一些、典故丰富一些，更要有尽可能深厚些的思想情感，尽可能优雅新颖些的审美意趣，尽可能既巧妙又恰当贴切的用典方式。本文特从用典的角度谈谈如何提高诗词艺术水平的问题。

　　用典是诗词创作常见的现象，但用典的目的是什么呢？如何用典才好呢？这是创作诗词必须用心忖度的问题。

　　典故是人类文化共同的财富，是经过历史提纯和定型的文化符号，通常具有"原型"意蕴。有些典故意蕴比较单纯，如"尾生抱柱"不是讲"死心眼儿"的故事，而是对诚信的讴歌，引导人理解"诚信高于生命"的理念。又如巢父和许由洗耳的典故表示对权力和富贵的蔑视。有些典故的意蕴比较丰富、复杂，作者使用时通常侧重某一方面。比如鲁仲连的故事，李白用之强调卓越的才能、潇洒的风度、淡荡超然的精神境界。李广的故事，辛弃疾屡用之，都是强调英雄失意、怀才不遇之类悲壮情绪。

用典的原理是共识和引导：用具有共识性的意象作比况式叙说，建构阐释的可能。因此知晓度越高的典故，越适合用作共识引导。但知晓度与文化同质性正相关，一国一族一地甚至文化修养程度的差异，都是影响知晓和共识的因素，所以用典必须考虑读者。典故当然具有修饰功能，能使诗词显得渊雅，但若只追求这个功能，忘记其叙事引导功能，那就是舍本求末、炫耀唬人了。因此诗词用典一要力避生僻，不宜为装饰和炫耀而刻意堆砌；二要尽量用得贴切恰当自然，不能怀着"众人不懂方见我之高深"的心态去故意卖弄，以艰深文浅陋。

用典可以引发类比式想象。比如李白《南陵别儿童入京》用"汉家愚妇轻买臣"的故事，比况自己和女人的关系出现了裂痕；苏轼《江城子》用"遣冯唐"的典故，比况自己仕宦磋跎，期待皇帝重新启用自己。

用典可以引导读者进行相关阅读。比如元稹《莺莺传》中有"立缀《春词》二首"的情节，二首绝句在元稹诗集中题为《古艳诗二首》：

> 春来频到宋家东，垂袖开怀待好风。
> 莺藏柳暗无人语，唯有墙花满树红。
>
> 深院无人草树光，娇莺不语趁阴藏。
> 等闲弄水流花片，流出门前赚阮郎。

"宋家东"的典故出自宋玉《登徒子好色赋》："天下之佳人莫若楚国，楚国之丽者莫若臣里，臣里之美者莫若臣东家之子，增之一分则太长，减之一分则太短，著粉则太白，施朱则太赤，眉如翠羽，肌如白雪，腰如束素，齿如含贝，嫣然一笑，惑阳城，迷下蔡。"元稹用这个典故赞美莺莺之美丽，并暗示自己才如宋玉，希望莺莺也像宋家东邻美女那样有风情，主动追求心仪之人。第二首用刘义庆《幽明录》典故："汉明帝永平五年，剡县刘晨、阮肇共入天台山，迷不得返……溪边有二女子，资质妙绝，遂停半年。"这里用阮郎遇仙女的故事，一夸莺莺美如仙女，二说自己是才子幸遇美人，三示求爱之意。这是想用旧故事引发新故事的巧妙调情笔法。陈寅恪《元白诗笺证稿》有论及此，说元稹"巧婚"。从为人处世的角度说，这两个典故用得欠庄重；但从用典作诗的艺术技巧来看，真是巧妙有趣，因而可以引起读者进一步拓展阅读的兴趣。

典故的指向性很重要。比如杜甫《天末怀李白》用屈原自沉汨罗的典故，表达对天才诗人李白生命的担忧，所指与能指精准。元稹"除却巫山不是云"的典故，指向美丽、性爱、忠贞，也堪称精准。刘禹锡《潇湘神》用"斑竹泪"典故，指向无尽的哀思。

用典故可以使简短有限的语句携带丰富的历史文化意蕴。比如辛弃疾《贺新郎·别茂嘉十二弟》，连用鹈鴂、鹧鸪、杜鹃、昭君出塞、陈皇后失宠、燕燕于飞、李陵与苏武、易水送别等典故，层层铺叙离别之伤感，将一人一时之离别，与普世永恒之离愁别恨勾连起来，大大增加了一词一事的内涵和感染力。

人们常说用典之高境是如盐入水，令读者即便不详知典故，也能明白作者的意思。比如钟振振《红豆》诗序云：

> 只身旅美，访学经年，祖国亲人，长在梦寐。偶过一中国餐馆，见壁钟有嵌麻将牌"发财"十二张以标示钟点者。莞尔之余，忽发奇想：倘易以红豆十二，则我辈海外赤子思乡怀人无时或已之情，岂不尽见乎？

其诗曰：

> 海外捐红豆，镶钟十二时。
>
> 心针巡日夜，无刻不相思。

此诗巧用王维《红豆》诗"此物最相思"之意。王维那首诗太有名了，红豆已经因之定型为爱情相思的象征。钟诗巧借其力以出新意，新颖奇妙，优美灵动，温柔蕴藉，是用典之高境。

"如盐入水"这个说法强调融化，有味而无形。盐是重要的，水也重要。对诗词而言，典故融化在合适的语境中，就像盐溶于水。比如辛弃疾那首《永遇乐·京口北固亭怀古》说"千古江山，英雄无觅孙仲谋处。""想当年金戈铁马，气吞万里如虎"。"凭谁问，廉颇老矣，尚能饭否"。确实用得自然易懂，读者即便不详孙权、刘裕、廉颇故事，也能明白作者用意。但仔细分析起来，全词的结构和整体语境很重要，上下两片构成鲜明对比结构，上片讴歌英雄伟业，下片一层层营造了国事维艰而"英雄无觅"的语境，从而使每个典故都成了"有机元素"：国难当头，英雄何在？纵有英雄尚在，却又"凭谁问"呢？全词所用典故有的需要解释，有的即便不详细解释也能大致理解并引发联想，所有典故浑然一体。看来选什么典故重要，怎样搭配使用也重要。

典故若用得不好，则可能像把盐掺入沙石里，各不相融。常见一些作品堆砌典故，生硬牵强，装腔作势地吓唬人，这种现象在诗词界很常见，越拙劣越浅薄的作者越喜欢搬弄典故，还往往非常矜持地说："此梦窗句""此清真典""此定庵意"云云，语气里仿佛自信满满，又含有对对方的不屑，言外之意是："用典，知道不？""你连这都不懂吗"？

笔者长期为本科学生开设诗词写作课程，又长期参与一些诗词赛事评审，常见努力用典却隔而不融的情况。比如最近刚刚在南京大学参加"第十届大学生研究生诗词大赛"终评会议，面对的作品是经过两轮格律审查、两轮通讯评选后的"入围"之作，其中一首《桂枝香·咏金陵兼吊丁丑大劫》，序云"一朝解甲，卅万枯骨，何其酷烈。"可知其题目标示的"丁丑大劫"是指1937（丁丑）年12月日本侵略者制造的"南京大屠杀"。下片有句云："误几度、金汤苦筑。蓦竟举降幡，出甲连毂。"金城汤池这个成语用得比较"隔"，"误几度"也莫名其妙。最离谱的是"竞举降幡"，作者似乎是在化用刘禹锡"一片降幡出石头"之句，但"南京大屠杀"有"竞举降幡"的事吗？乱讲！又如一首《咏梅花兼寓军魂》的七律，颈联是"花开惊夜星星火，心付燎原猎猎风。""星火燎原"一语，无论取自《尚书》，还是取自毛泽东，用来描写梅花都不伦不类。

相比经典名作如辛弃疾《念奴娇·书东流村壁》：

野棠花落，又匆匆、过了清明时节。刬地东风欺客梦，一枕云屏寒怯。曲岸持觞，垂杨系马，此地曾轻别。楼空人去，旧游飞燕能说。　　闻道绮陌东头，行人长见，帘底纤纤月。旧恨春江流不断，新恨云山千叠。料得明朝，尊前重见，镜里花难折。

这是淳熙十五年（1078）作者（三十九岁）自江西调为大理寺卿，舟行过池州东流县某江村舶舟之作。首句化用李后主"林花谢了春红，太匆匆"句意，可视为用典，却无痕迹。"垂杨系马"当是取自王维《少年行》"系马高楼垂柳边"，也可以联想自《诗经·小雅·采薇》"杨柳依依"以下诸多折柳送别的意象。"旧恨春江"句颇似李后主"一江春水"句意。作者拥有太丰富的文化积累，他未必是有意用典，一切只从胸臆流出。如果从使用典故的角度思忖诗词创作艺术，这样的文化境界无疑是炉火纯青的典范。

现在网络发达，电脑、手机检索为用典提供了方便，但是善于检索就等于善于用典吗？我认为网络检索只是为堆砌者提供了方便。写诗作文真正要想用好典故，还是要先将典故熟记在心，而且要准确理解，内化为自己的文化血液，写作时才能自然使用。

人类精神文化遗产并非死去的东西，而是有生命的、可再生的文化元素。现代人用传统诗词文体写作，并不是仿制假古董，而是写真实的生活和心情，写作时使用典故，并不是装饰门面，而是古为今用，借古人酒杯浇自家心中块垒。比如今年春天笔者在广州大学城工作之余踏青赏花，写了八首绝句，其中《忽忆柳子"破额山前"诗》云：

> 到底春风暖胜秋，红巾许我做遨头。

> 临流细忖兰舟意，何事萍花不自由。

又《忽忆苏子"笑倚清流"诗》云：

> 雨润羊城春转凉，经年心事愈苍茫。

> 如何苏子孤鸿渺，不肯随风返玉堂。

第一首缘于柳宗元《酬曹侍御过象县见寄》诗："破额山前碧玉流，骚人遥驻木兰舟。春风无限潇湘意，欲采蘋花不自由。"第二首缘于苏轼，其南迁惠州途经清远时，在北江舟中接到贾耘老寄来的诗，答诗有句曰："门前车盖猎猎走，笑倚清流数鬓丝。""孤鸿"则是他生命的图腾，二十七岁作诗即有"雪泥鸿爪"之喻，四十多岁谪居黄州有"缥缈孤鸿影"之写照。苏轼称《陶渊明集》和《柳宗元集》是自己"南迁二友"，可知陶、柳二士是苏子生命中特殊的感动。而上举柳诗和苏诗，也是我生命中特别的感动，每每涵泳之，总会触发深深的感慨。所以，我在使用他们的典故时，实际是与他们进行超越时空的心灵晤谈，阅读和写作之际有共鸣存焉。我觉得诗词之用典，应该按这样的方向努力。

新诗

《诗经》 动植物微心情

李　瑾

关关雎鸠

一只雎鸠站在悬崖边：危如累卵的
水里，怎样安置被东风吹瘦的爱情
植物们以自己的逻辑漂向上游，而
两岸将一叶叶小舟送往渡口
——在渡口
树木习惯以爱情的理由来，以爱情
的理由走，谁也不会关心那个没有
翅膀的鸟，脸上长满古铜色的叫声

燕　燕

一只燕子，在春天不习惯送别，这
与气候无关，瞻望弗及，泣涕如雨
远行的，都是泥沙
在风里，柳笛不需那么多抑扬顿挫
燕子也不善于怀人。一颗心里如果
有两处闲愁，便是离散，便是病症
以上种种我都没有
我只沿着风筝观察一个季节的习性

草　虫

在草里栖身，在草里歌唱，或者在
春天变成一棵草，借风，体验一下
摇摇摆摆的雨
都是季节里不可多得的幻象
每到夜晚，听听此起彼落的鸣叫声
才能感觉心里太满，眼里太空，我
不喜欢秋天——
此时令，草黄了，却没有止住悲声

木　瓜

木瓜给自己一个椭圆的地址，上面
写着一根蔓，叶子也被改成了繁体
在空白的签字处
阳光是唯一一个人为的败笔
不用手，我就可以摘下象形的浆果
十月中，根须之间生长着液体动物
我报不出时令。秋收之际，我只用
山水和一个瑟瑟发抖的坟墓，对语

硕 鼠

我以前习惯跟着课本一起辱骂硕鼠
那年, 我打死了一只, 并挖开鼠窝
看见几只肉乎乎的幼崽时
我才心存愧疚: 借助于粮食, 我们
方可理解对方的境遇
关于粮食、硕鼠与道貌岸然的东西
有很多莫可名状的隐喻, 大多时候
我们有我们的悲, 它们有它们的喜

兔 爱

这么多风, 需多少只兔子方可填满
刚才, 它们还是猎物, 一棵树倒了
它们就成了狩猎者
我必须计算出风与雨之间的距离
空旷的语言里, 两者的茫然已鲜被
提及。草丛之中, 最先出现的总是
兔子, 它们通红的双眼让我瞄准时
眯起的眼, 看到生活是那么不真实

蟋 蟀

时间不同, 我们对蟋蟀叫声的理解
大有差异, 夏天可以疗伤
秋天可以抒怀, 而冬天, 则让我们
对生命倍感欢喜: 似水流年, 还有
没被轻轻抹掉的东西
在尘世, 蟋蟀如墨, 归于一张白纸
一些没有画出的声音, 仿佛生来就
那么自觉, 为命运腾出寂静的去处

野有蔓草

蔓草遍野, 它们要认识斑驳的土地
不必了然于胸, 但须对雨水保持着
必要的平行关系
天空渐远, 河流渐近, 其中的空间
足以摆放蔓草普遍的一生, 我抬脚
走过, 却不得不放低心跳
这些娇弱的植物, 似乎想
领着我赶赴一个没有时间限制的约

蒹 葭

站在岸边，便提供了终点；传说的
伊人，则暗含了生活的性别。蒹葭
以别名隐喻滔滔的水
我在白露前，检视遍地回旋的晚色
……此情此景
归鸿交出流淌，它已被太多的离别
俘获，只是我依旧沉浸在中途
不知这恍惚的一生，该拿什么收场

隰有苌楚

不习惯将苌楚译成阳桃。生活远比
我们想象得要朦胧，譬如，雨和水
隔着食物：它们只有干旱时，才会
合二为一，才会交出液体状的距离
事实上，我们已习惯了沿弧形说话
直线越走越短，很多时候
搞不懂美丽的
现象和狗日的真相之间的阴险关系

蜉 蝣

也算圆满：一生被浓缩成为三段式
保持着泪眼看人，心怀尤物，并在
播种时将欠给出生的账一次性还完
作为生物，几天、几个月和几十年
并无多大区别，我们都是肋骨，与
秋日相遇，不必以荒草洗面
生也恍惚，亡也糊涂
重要的是每一天保持着安静的样子

采 薇

动作简单：手指轻拂，便有了一株
绿植，便有了一袭白水，也便有了
隔岸的暮色和闲情
……未必这么有诗意，但水草丛生
季节就大了，不必再回到回到远古
在河里寻找一生干净的云
——那些云，只有在采薇时
才优雅地捧出斜阳，放在谁的坟前

山水诗踪

◎ 李栋恒

三亚海滨月夜思

更深星月静，唯有浪涛声。

蛟闹安停息，雷奔濑吼鸣。

梦惊知岁杪，思骋觉忧生。

总觉潮如鼓，频催强国兵！

西江月

武夷山九曲溪漂游

九曲清溪见底，奇峰异石穿空。竹排移在画图中，水里闲云浮动。　斜照嘉声唱鸟，微风逸影飞红。入云石径走村翁，三两人家翠拥。

水调歌头

海边赏月

穿碧悬天镜，风定海波平。凝眸万里，虚宇空寂变充盈。无际清辉弥漫，万顷银光闪动，天地喜通明。深处纯真界，脏腑顿清澄。

经亿载，历亏缺，总晶莹。霜轮素魄，今古谁见垢霾萦？想有吴刚斫桂，玉兔金蟾布药，不使翳团生。因自常褒洁，万众自心倾。

◎ 王玫

宿西园寺兼赠广济法师

清斋人罕至，寒夜静无尘。

古殿松花落，梵铃禅意真。

欢言忽日暮，对影共霜晨。

梦觉不知处，空空槛外身。

◎ 魏新河

丁酉岁小山生辰前十日旅次南岩置酒对月

暂向苍茫寄此身，大千无地问缘因。

死犹非易生何易，乐不及人哀过人。

故步入云重失我，前行得水是迷津。

南岩却在光明里，皓月分辉有不均。

天水初夏既望步月

今夜秦州月，先于海上生。

只缘边气净，翻胜故乡明。

万物皆无尽，百年谁可盟。

悠悠杜陵梦，一发寄南征。

踏莎行

访燕子楼分得子字

老柳赊秋，残云赍泪，可曾赎得芳魂未。楼中今日燕都无，风荷枉学

《霓裳》美。　　肯比红儿，休论西子，人间薄幸今如此。多情犹泛旧波澜，可怜燕子楼前水。

煌画古，月牙沙鸣。水碧神湖，拉原马跃，百媚千娇令客倾。流连久，叹六年西凤，怎醉群英？

◎ 陈 良

登北固山

千里来寻北固楼，英雄说罢问孙刘。
若无剩勇追穷寇，吴楚河山谁复收！

秋游塞罕坝

别雁依依牧草黄，风衔波水带秋香。
问松何计出林海，赏桦由心入画廊。
不信江南无胜景，可知塞外有天堂。
英雄敢断胡尘路，胜过三秦万里墙。

◎ 孟建国

登庐山怀人

到得匡庐非看景，只缘山上有鸿鸣。
风烟迷处天难见，草木深时地不平。
满眼婀娜多附谀，一峰挺拔独峥嵘。
往来冠带知多少，肝胆几人若老彭？

沁园春

丝路行

七月清风，西域寻诗，万里纵情。览玉关内外，州新县美；天山南北，草绿花明。瓜果飘香，牛羊星聚，阿娜尔罕歌舞灵。乘时雨，巴音布鲁克，点染柔青。　　意中丝路驼铃，响一众骚人揽胜行。自钟敲雁塔，车载昏晓，敦

◎ 丁 欣

峡江秋月

江声绝壁响清秋，数点疏星初露头。
玉镜斜开涨珠浦，石峰并起吐银钩。
举杯每惹壮心老，横笛怕惊孤客愁。
还看篙师飞快橹，金光揽碎满滩流。

晚秋山居

一道沙溪绕在门，寒波清浅见流纹。
开窗抱得远山日，穿径拂开连岫云。
石案横琴声愈脆，桑根煮酒气初熏。
客来小酌先危坐，深谷霜钟到此闻。

雨游南山

披蓑曳杖又登天，叠叠屏山供眼前。
溪泻云头千嶂雨，风撩谷底万枝烟。
红黄翠染秋光里，苏浙皖来村寨边。
不觉归程林岫暗，石门回望一尖尖。

◎ 巴晓芳

登黄鹤楼

两江夺势倚云楼，三楚河山一望收。
万里波涛奔大海，千年豪杰显风流。
鄂王酒约黄龙府，太白诗回紫凤丘。
借问登临南北客，几人挥笔续《春秋》？

怀中国天眼之父南仁东

浩瀚星空总费猜，南公擘画响惊雷。

千寻巨眼艰难造，百亿光年任意追。

正向苍茫搜奥妙，谁期香烛哭灵台。

天边一宿东山起，可是先生探月来。

◎ 吴　容

老龙头

栏杆拍遍意寥寥，块垒从来不可浇。

海岳信知荣辱事，关城冷对古今潮。

千年铜柱瓯犹缺，百尺楼船路正遥。

钓岛依稀如在望，老龙头外浪难消。

过江心屿

旧迹难从屿上寻，中洲草木正深深。

一江自在盈虚水，千载如来怜悯心。

南北若无人恻怅，东西岂有塔沉吟。

寺前楹帖重新读，恍把潮音作梵音。

◎ 姚泉名

游都峤山

庆寿岩高地自偏，翠微深处水溅溅。

青峰是佛何须字，赤穴如堂谁得禅？

石径逢僧风拂竹，莲台访道雾填川。

太平不忍山中避，七十二房无客眠。

游昭君村

大漠有坟冢有祠，尽惭俗粉与庸脂。

世间颜色如和璞，天下权臣属画师。

胜迹苍山宜寂寂，香溪流水总迟迟。

胸中一股明妃怨，正借平戎发泄之。

游咸宁澄水洞

秋山隐隐路重重，野史深藏草莽中。

别有洞天居首长，已无秘密仰英雄。

沾多潮气般般蚀，锈死机关室室空。

一袭军装导游女，桂花香里说行宫。

◎ 屈　杰

浣溪沙
赏台城柳

袅袅婷婷别样娇，轻摇慢摆楚宫腰。可怜楚楚最魂销。　细雨霏霏柔乏骨，芳心淡淡冷于箫。烟笼依旧似南朝。

临江仙
秦淮河月夜泛舟

灯影桨声蒙画舫，半轮月漾清波。六朝金粉亦如歌。风流销不尽，更比六朝多。　几处笙箫供我醉，良宵且付吟哦。一船清梦泛银河。星星知我意，振袂舞婆娑。

◎ 唐金梅

国清寺访隋梅

远山传梵呗，微雨野云烟。

我来一何迟，无由觅谪仙。

隋梅短墙倚，冷香忆前缘。

天花开数朵，人间已千年。

高风过南岭，清涧越寺前。

多少幽栖梦，一一认桃源。

过于谦祠

亭皋信步绿如烟，山石崚嶒义冢眠。

曾许清风生两袖，堪怜湖上聚三贤。

于今俎豆归桑梓，终古水云栖钓船。

十丈红尘无麇兽，千秋祠庙有忠泉。

◎ 涂运桥

登五台山

如来五指曲轻弹，明月前身昨梦残。

花落灵崖僧悟道，松封古刹玉生寒。

红尘犹入三军阵，欲海难收百丈澜。

锦绣峰前相望久，原来心在白云端。

游潜山寺

谁接群峰若比邻，白云萦绕故园亲。

远山客至风曾扫，驿路花沾露未匀。

无语禅门长立足，多情寰宇本浮尘。

君看弥勒犹含笑，烟雨一蓑能几人？

◎ 汪守先

陪高立元、易行先生登娄山关

狂飙呼起孰知闻？高接林涛紫雾熏。

赤子开怀襟带雨，将军负手气凌云。

梦边雁叫千峰暗，画外歌催万里殷。

百丈诗情来笔底，临关一啸意空群。

又

犹闻鼓角响林丛，大雨淋漓直贯胸。

九曲盘桓身历险，千山俯仰足生风。

雄关揽境思霜月，古道催诗问雁鸿。

昔日丰功成故事，硝烟没处几元戎。

◎ 郑伟达

临江仙

北京红螺寺赏松竹

不觉春来花尽放，眼前无数青恋。苍松不老历冬寒。寺中湮岁月，梦里夕阳天。　　经舍茅庵真胜境，心头气节犹坚。丹青要画好河山。竹松存本色，椽笔有新篇。

登南京牛首山

久知牛首山，今古一奇观。

佛法开灵智，禅机醒愚顽。

岭边花影淡，树外鸟声闲。

身老心犹健，危岩亦可攀。

◎ 张全成

石门坊红叶

枫栌好景为谁描，秋梦依稀枉寂寥。

一叶飘零君未至，丹心如火起红潮。

老龙湾

翠竹通幽绿一方，龙湾烟雨胜天堂。

亭中斜倚窈窕女，轻抚琵琶唱故乡。

◎ 毕太勋

高河秋日

雁起白蘋洲，风帆过画楼。

丹枫摇细浪，网捕一河秋。

最美江城

石裂江心巨浪飞，画廊如梦漾朝晖。

拿云欲上龟山顶，黄鹤楼头尽翠微。

◎ 萧宜美

周总理纪念馆参观记

壮阔征程任远驰，回乡只在梦圆时。

清风两袖人生路，天下垂虹尽粉丝。

在吉布提致中国海军

深蓝阔浪展春华，战舰远航亦有家。

虽远不妨心问候，旗红胜过亚丁霞。

◎ 李克俭

北湖漫步

夜雨催醒绿一湾，行来又到野村间。

云边绽放桃千朵，怎说春风不相关。

游桃花潭古渡

五月寻芳步履轻，莺歌伴我踏歌行。

酒如甘露泠泉酿，客醉佳肴野火烹。

对坐山间堪夜话，西辞渡口是归程。

一潭碧水真情在，满眼桃花自相迎。

◎ 李创国

到长城

大漠销烽燧，长城阅古今。

狂飙天外起，隐隐听龙吟。

花园口

御寇无良策，决堤诚败谋。

烽烟随水远，遗恨在千秋。

登华山赋沉香救母

沉香劈华山，慈母脱羁绁。

笃孝昊苍怜，精诚金石裂。

仰视白云浮，长嗟江水泻。

唯存寸草心，毋共春芳辍！

◎ 安洪波

出　游

危径断人行，流泉冷且清。

秋花含露放，古柏傍崖横。

霭淡寻不见，山深空复情。

徘徊钓台久，翠色浸衣生。

张　北

年来飘雨意多违，坝上迟迟暑气微。

眼底清歌孤路远，心中翠岭乱云飞，

野芳零落仲宣赋，琼树相亲老杜衣。

姑射问君还忆否，一声山里鹧鸪归。

◎ 朱香鹤

西山花林

西山如黛醉人心，万种风情树上寻。

花中翩然蜂起舞，似来花海觅知音。

又

梧桐叠翠烟波起，细雨纷纷思正肥。

往事如烟犹眷恋，江堤长立不思归。

◎ 曹　辉

晨登北高峰

因羡毛公特意来，晨钟学我海襟怀。

碑亭字共山阶老，杂念何妨都解开。

二过法华寺闻晨鼓

山阴道上意难禁，且约苍穹听梵音。

广玉兰开禅悟否，有僧擂鼓验初心。

◎ 蒋保珊

龙南名阁

杂树繁花深十里，蜿蜒鸟道没蒿莱。

幽关虎踞飞重阁，叠嶂虬盘藏玉台。

四百年遭风雨蚀，二三枝伴庙坛开。

青山不老阁犹在，名曰凝和万古猜。

鲲鹏湖沐尘水库

金峰岭上动吟怀，两岸青山螺钿排。

波映天心珠月润，坝连竹海碧云裁。

青龙浪奔涡轮旋，玉宇廓开尧舜来。

欣望鲲鹏腾巨翼，明湖飞出凤凰台！

◎ 戴世法

游泰山

金秋时节过名山，脚踩茫茫云海间。

不老仙人何处觅，玉皇顶上不思还！

括苍山

千峰万壑复徘徊，山外青山碧浪开。

片片云霞身下过，今生疑似上瑶台。

◎ 王贤来

早春回筼山

春润筼山情满怀，复苏万物竞相来。

林中嫩笋闻风起，岭上红梅戴雪开。

浣溪沙

殷祖赏樱花

十里樱园带露开，春风引我赏花来。清香溢处有诗材。　翠锦连绵盈媚眼，幽香隐约上红腮。牵衣杨柳也徘徊。

◎ 郝金萍

清平乐

滨海晓唱

津沽滨海，帆起舟欸乃。鸥鹭高翔惊晓籁，去往云来无碍。　苍茫霞幻鳞光，映红喜悦脸庞。小调忘形浅唱，鲜活鱼蟹盈仓。

浣溪沙

西山雨后

雨后重岚积翠光，轻风冉冉野花香，闲云一片岫中藏。　百鸟和鸣诗万首，幽泉飞溅韵千行，游人雀跃往来忙。

◎ 刘心莲

卜算子

秋 山

秋叶染层林，红尽斜阳外。不是山高万象低，一抹余晖在。　雕羽向风鸣，却比风儿快。飘发悠然向晚秋，倚石听天籁。

鹧鸪天

一路秋风向古城，幽怀唤醒故园情。今来寻旧非关酒，尽遣诗章对友倾。　千年事，几番听。垣墙韵似浪涛声。归来又见菊花岛，踏海潮头尽晚晴。

◎ 陈岳琴

山居吟

山中无所事，远足入林微。
包岭如莲绽，师峰似障围。
携琴歌窈窕，曳杖叩芳菲。
曲径通幽处，生机吐纳晞。

游中国诗岛江心屿

横流沧海阔，孤屿媚中川。
两柱东西砥，双峰日月悬。
池塘春草绿，山径意澄鲜。
潮信如期至，清音响客船。

◎ 张亚华

东湖行吟

九曲回阑碧玉裁，远山近舫画中来。
半勾亭上旧时月，曾照东湖水畔台。

谒潘天寿故居

雷婆峰上日初长，为谒潘公到画廊。
梅骨松涛存秀逸，诗书指墨透铿锵。
飞檐默默知风雨，立柱沉沉历雪霜。
梁燕呢喃如有约，年年衔筑到前堂。

◎ 陈 静

眼儿媚

冬日游里口山

烟暖林梢过池塘，沉醉又何妨。闲情久驻，白云随步，曲径幽长。　残垣吹断西风瘦，往事莫思量。远山融雪，孤村觅趣，满地斜阳。

踏莎行

瘦西湖

白塔晴云，长堤细雨，依依杨柳垂金缕。疏帘画舫荡轻烟，诗情飞过鸳鸯浦。　客聚八方，花开千树，虹桥修禊名今古。熙春台上管弦扬，风光更在湖深处。

◎ 韩保汇

大珠山观杜鹃花

春明多色彩，芳信屡相邀。

远谷聆天籁，清心忘市嚣。

为媒蜂引线，得志雁凌霄。

不眷繁华处，超尘性自娇。

石岛湾

逢夏喜观沧海日，常舒青眼钓鱼湾。

风涛拍岸群鸥起，画影连天一舫还。

驾雾游仙山岭上，采霞织梦水云间。

素心端合桃源境，每诵陶诗臆自宽。

◎ 傅筱萍

游永修燕山龙源峡分韵得飞字

竞生林草地，蝶戏怎忘归。

照水怀穿岭，流霜湿薄衣。

半坡枫火映，遍野日霞飞。

人觅明皇迹，吾收壑底晖。

休言来去促，画景嵌心扉。

相邀登山赏雪，友未至独行

独循小径探琼山，素淡还怜浅浅寒。

回首仿如临月窟，凌虚浑觉坐云端。

心头逝去禽余影，崖畔飘来玉泻盘。

为问西湖林处士，梅花与雪孰痴顽？

◎ 胡桂芬

万州大瀑布

浩浩急湍落断岩，水花聚散觉轻寒。

浪击石罅千堆雪，谷漫山岚百里烟。

冰瀑流时山有态，银珠落处水无弦。

钱塘再现奔腾势，澎湃歌声动地欢。

◎ 郭鸿森

陶渊明祠

马回岭上谒陶祠，松柏苍苍慰客思。

不愿下腰求富贵，天生铁骨古来奇。

岳阳楼

巴陵名胜岳阳楼，中外嘉宾结伴游。

赏罢洞庭波浩淼，几人忧乐系心头？

◎ 钟秀华

临江仙

白云山

秩秩清溪鱼跃，空山幽谷鸣蝉；婆娑绿树掩芝兰。天高云影淡，寺远鼓声寒。　路僻萧条烟寂，水灵潋滟微澜。啾啾鸟语闹青檀。峰回迷佛意，石劲悟枯禅。

一剪梅

长洲古渡

蝶引香梅谧草庭，竹入幽径，杜叶菁菁。箨飘扬抑抚弦琴，歌亦伶伶，舞亦婷婷。　舟绕清荷近古津，扬水粼粼，银阙馨馨。金风玉露会佳人，惊了黄莺，湿了青衿。

◎ 宋 伟

李香君故居

来燕桥头画阁深，秦淮风送一帘春。
六朝烟水天涯客，不是桃花扇底人。

咏沅江胭脂湖

西子经停处，湖天一望痴。
清光笼翠阁，白鹤照灵池。
雨细红泥软，风微玉笋迟。
沅江多粉黛，无水不胭脂。

◎ 彭凤霞

踏莎行

行赏清莲

晓色轻岚，和光硕叶，翩翩众下三千澈。一篙珠萃渡香回，惊飞野鹄双双喋。　　茂德超凡，初心胜雪，世人皆晓莲高洁。胭脂俗态比烟尘，天台一品东风撷。

浪淘沙

秋日英山

吾友避城喧，邀赴英山。桃花冲里韵千番。燕雀于飞听百啭，曙日开天。　　稻浪卷金澜，一曲承欢。峋崖不碍丸峰延。海势云林秋色满，恰待丰年。

◎ 叶志深

题南尖岩

近处梯田远处山，淋漓大笔写江南。
诗人本是清廉士，但把冰怀寄远岚。

畲族三月三

篝火红天三月三，情歌村北接山南。
千年风俗多纯朴，心底长留一片蓝。

咏通济堰

田园遗梦已千年，一片清流起瑞烟。
丰歉岂凭天调遣，人间晴雨亦悠然。

清雅诗怀

◎ 星　汉

龙泉市观龙泉剑自嘲

亲见龙泉剑，回头我愧羞。

心闲耽笔墨，骨弱远貔貅。

倚柱不弹铗，涉江曾刻舟。

恩仇皆寡淡，三尺又何求。

谒岳庙

伴我西风万里吹，朱仙镇上拜神威。

云霞变幻钦谋略，草木编排听指挥。

北狩君臣多客葬，南来士马少同归。

若能直捣黄龙府，也有金兵抗岳飞。

小女剑歌由美发来博士证书图片感赋

证书纸里隐艰难，不是天亲不泪弹。

心盼东归机翼稳，眼随西去月光寒。

神情每每来微信，文字多多过键盘。

白发诗人豪气少，但求海外一枝安。

◎ 岳如萱

北京至成都飞机上

鲲鹏展翅在虚空，要约神仙挽彩虹。

俯瞰红尘千古画，幅幅激荡到心胸。

长篇小说《腰斩七军》读后

穷寇落荒心未死，狂飙千里扫残云。

开国礼炮头一响，霹雳如刀斩七军。

朱日和沙场阅兵观后

万里长空碧，沙场夏点兵。

气吞关外月，剑指海中鲸。

铁帚无情到，狼烟彻底清。

军魂依旧在，浴火更重生。

◎ 周文彰

椰城新年

一声爆竹日开光，阴冷无踪暖气扬。

翠里藏红春意涌，更思亲友在他乡。

酒店感言

泳池如碟造型妍，大海无声卧眼前。

一色蔚蓝同是水，苦咸滤尽是中年。

元宵节

团圆佳节早离家，飞上蓝天近彩霞。

星火燎原千万点，愿君踏月闹灯华。

◎ 褚水敖

秋 水

山居试笔欲求真，久视晨溪巧啭频。
爱借清新增格调，怕移俊爽失精神。
绕林美色原无色，入纸红尘总有尘。
大块文章灵秀气，半因秋水正横陈。

千岛湖书感

冬日山居好读书，守仁笔意暖肌肤。
眼前路径峰前绕，文内人生体内图。
明合知行天接地，暗分性理有偕无。
水中思绪柔柔转，千岛相环一片湖。

又

激赏风光不弃书，美文随景已侵肤。
心头情爱千头事，字里江山万里图。
深想此身非我有，绝知原地本其无。
谁言一切空空尽，天水春来注满湖！

◎ 张福有

新时代

时代全新跟领航，京华盛会掌声长。
当年曾吃富强苦，今日始知风雨狂。
春到何方人已晓，心从始处梦先彰。
小康决胜添自信，开出一单中国方。

十四年贺春得步韵和诗五千首感怀

立春时节值寒冬，择韵成吟亦动容。
十四年来同贺岁，五千首辑印行踪。

雪飞莫问究何似，缘到深知终可逢。
天若无情天不曙，东方依旧日彤彤。

◎ 贾学义

贺内蒙古自治区成立70周年

北疆似在彩云间，千里川原尽玉田。
劲舞欢歌鸿雁往，扬眉吐气格桑鲜。
昭君无怨弹新韵，圣武通灵动雅弦。
我欲还童跨天马，追风逐月着先鞭。

咏中共十九大召开

盛会如雷震九天，神州上下喜空前。
红船驶入新时代，妙手翻开大雅篇。
众志圆成强国梦，一心掘出富民泉。
江山又有才人萃，再造和平五百年！

◎ 段 维

新年寄怀

一洗中年油腻名，青崖鬓落雪无声。
何妨覆顶重生鹤，待向风云天应征。

早班途中见梅园落英满地有感

一园清景秀成帷，树树寒梅争吐辉。
为敌春如刀剪逼，落花自拟雪纷飞。

有感于职业跳槽教授

莫讶时空转换频，卖身今日是高人。
谢家池阁罗裙艳，金谷园林琥珀珍。
起价凌霄因坐地，沐猴加冕可装神。
阿谁助长妖风势？都道南天那片云。

◎ 吴宝军

鹧鸪天
中岁感怀

中岁颇知世事艰，谩将功业付丘山。虽无襟抱如高士，却有情怀似少年。

行万里，过千滩。风餐露宿也安然。归来故友如相问，未减初心一寸丹。

定风波
寓居作

陋室三间一应无，萧萧四壁任君涂。明月清光窥瓮牖，何陋？一帘鸥梦半床书。　　迎客无须沽酿酒，自有，清风香茗胜屠苏。纵使浮生多逆旅，传语，丹心一片在冰壶。

鹧鸪天
秋日感怀

何必逢秋叹老慵，秋来无事更从容。无须北阙赊袍紫，且卧东篱点酒红。兰叶露，菊花风，日餐月饮胜王公。养成肝胆如冰雪，不恋阳春不惧冬。

◎ 江合友

浣溪沙
读书

斗室日长如小年，纷纭史迹早成烟。书当快意读千篇。　　云淡风轻来远近，橙红橘绿喜缠绵。帘栊正挂一轮圆。

喝火令
乡思

朔气添孤冷，寒光照阔廖。倚阑谁恨路迢迢？恰有个人凝望，独立伫深宵。　　一觉江南梦，经年冀北潮。却愁天暮雪疏潇。莫想家山，莫想舣归桡。莫想别时红泪，千里赠鹅毛。

解连环
夏日杂感

水田辽阔。正群蛙鼓乱，夜风驱热。雨过后、侵晓鸡窗，睡味转添浓，梦来交叠。和露梧桐，空阶下、一庭蝴蝶。想熏熏永昼，又似旧年，倦拣箱箧。　　槐松午荫处处，尽缯衣汗湿，诗意衰竭。漫故纸、拈管斜行，纵横满厅堂，只待烧却。近得群书，购嫌少、多嫌难挈。穷酸客、爱花恋酒，欲言讷讷。

◎ 吴江涛

赠青年诗友

犹忆同车兴味长，弥天风雪过长江。
明年若在磨山见，诗与梅花一样香。

春晨喜雨

好雨催诗兴，珍珠串串飞。
画檐红寂寞，心韵绿葳蕤。
旧梦随春杳，老莺携子归。
春阳悄呼唤，庭树报芳菲。

◎ 洪 凯

包山禅寺问梅

清妙禅关无挂碍，心头春在日初长。
赏花应以梅为首，心底冲开是暗香。

浣溪沙

次韵周秦教授《浣溪沙·西山问梅宿
包山禅寺》

多少人情炎与凉，荣枯定数尽皆忘。
缘来先上一支香。　　冷艳频传春讯息，
芳华再写锦云章。平生洒落即仙乡。

◎ 张海燕

大寒前即感

人到无为心自安，鸡窗已惯北风寒。
天青云白忙留影，犹恐明朝再见难。

丁酉春分即感

划破夜朦胧，谁言天地空。
轻雷犹隐隐，野草正蓬蓬。
绿涨幽阶上，春分细雨中。
迩来怜断梦，不是五更风。

◎ 胡林冬

元旦感怀

靓丽梅姑待嫁春，鹊儿报喜唱家门。
披红槛上描金字，溢彩眉边漾笑纹。
旧岁凭由新岁换，今年不向去年寻。
迈开大步台阶上，追取恢宏又一轮。

南乡一剪梅

离 愁

古道叶纷纷，老柳残枝一抹痕。
叹那孤鸦空自唱，声也如焚，哽也如
焚。　　树底倚谁人，远望云山似断
魂。孑影何堪祈去雁，心字成鬻，眉
字成鬻。

◎ 张凤军

丁酉年冬月逢生日放怀

衔珠瑞鹤祝来迟，美酒醇香早满卮。
一岁虚浮功未立，百般困顿梦还期。
苍头已共白云老，病体难平报国痴。
若许明朝边塞紧，仍骑战马入王师。

丁酉年正月初三岗位值班有怀

霓彩喧哗日渐稀，品茶释卷赋闲诗。
暖阳已着黄杨色，冬雪渐融太岳眉。
不待春光花绽早，欲留旧岁梦来迟。
谁人与我东风便，同话天涯共此时。

◎ 黄 君

影珠书屋落成步晓川先生 《回乡吟》原韵

蓝天应喜劲鹰回，雅韵腾空展笑雷。
好把离骚开玉匣，更亲风物了前非。
影珠池水文波漾，幕阜山光月色菲。
四海相倾屈子里，高名赋得鹤颜归。

参观西柏坡有感

天衍精诚到此间，沧桑正道自延安。
民心岂止赢三战，大路弘开启百年。
电报余温手笔在，小磨坤定太清乾。
应喜门前流水秀，初衷如鉴照明廉。

◎ 廖海洋

甘南志感

渐与星辰近，只因居处高。
乐于征坎坷，便以避喧嚣。
沉醉青稞酒，漫听卓玛谣。
时针疑变缓，万类共逍遥。

又

自我来流放，心随鹰隼飞。
驱车逐险远，徒步探奇瑰。
土酒醉一次，夕阳看几回。
须知无信号，电话莫催归。

◎ 魏艳鸣

临江仙

新春见梅花绽放感怀

雪尽寒融冰破，亦烟亦雨还晴。
豪情每自倚栏兴。山川心底过，岁月
掌中轻。　　试问春风何处？梅花一
笑来迎。更从枝上看云生。卷舒千载
梦，浩荡逐江声。

喝火令

春日乘坐冶山最慢小火车

听叶逍遥舞，看云自在闲。会心

相对共嫣然。来处恰逢春好，陌上正
花繁。　　水秀穿如镜，风轻裹似烟。
倩谁同梦驻流年？许我芳华，许我有
情天，许我一轮清月，寄与此间山！

◎ 江　浩

咏白菜

青衣五体蕴冰心，敢借寒霜炼素身。
尽瘁何须分贵贱，平生入世即为民。

长相思

读飞扬《春色将老》

诗一行，赋一行，字字珠玑百卉
芳，夜清思绪狂。　　风一塘，雨一
塘，碾碎心花梦不香，何时共举觞。

◎ 赵林英

初春大棚摘樱桃

墙南根下草初萌，朱果盈枝爆满棚。
温润诚招天下客，亲玛瑙瑙富三生。

又

倩谁窃得太阳来，璀璨华光照雅台。
孕育仙丹泽万户，一朝入口福盈怀。

◎ 叶裕龙

大俱源石门山抒怀

岩攀绝顶石门开，万壑千峰入眼来。
我到青山留恋久，青山为我敞心怀。

老三届

多舛航程奈若何？真情热血叹消磨。

风尘仆仆白头至，思绪悠悠故事多。

好梦年华迷好梦，蹉跎岁月未蹉跎。

雪泥处处堪回首，激昂低回一曲歌。

◎ 夏希虔

元 旦

岁次轮回又一年，尘世茫茫感万千。

堤上行吟云袅袅，谷中啸傲水潺潺。

林岚吞吐开新界，旭日腾飞赋锦笺。

两鬓如丝君莫笑，拄筇攀越立峰巅。

感怀金师高中

一别婺州音讯杳，光阴不复似波涛。

双溪柳絮飞云梦，八咏情怀入碧霄。

坎坎征途风猎猎，茫茫尘世雨潇潇。

阑珊灯火催霜鬓，拄杖行吟意兴饶。

◎ 朱超范

望浙东唐诗之路怀渔浦

明月清风俱是诗，田园好景倍心仪。

更将两浙佳山水，化作年年梦里思。

又

谢惠山前赏碧波，风前舟漾镜新磨。

池塘一夜生春草，少小情怀又几何。

又

南朝《别赋》古今雄，梦笔桥头往事空。

日暮乡关千万里，云边塞雁醉秋风。

◎ 胡成彪

焦裕禄墓前随笔

清明花带露，竞向壮魂开。

台借高风立，人寻足迹来。

官心存镜鉴，世事落尘埃。

公道留荣辱，民心自剪裁。

清明夜雨

清明连夜雨，坐卧听春雷。

人老睡眠少，思多元气亏。

梦从心绪断，愁向枕边归。

更有搜肠句，天风苦又催。

◎ 蒋月华

步韵郑欣淼会长《七十咏怀》

人生七秩似螺旋，往事回眸亦坦然。

纵览群山凝日月，遨游沧海泛云烟。

冰峰仰止三千仞，椽笔耕耘数十年。

无悔青春情尚在，老来遣兴续诗缘。

又

橙黄菊秀正当秋，硕果压枝香绕楼。

树木成林犹可慰，子孙立志复何求？

常观尘世知风雨，只道人生逐浪沤。

盘点心中些许憾，蚕丝未尽莫停留。

◎ 刘 毓

春 日

我住湖边第一家，扁舟常日系烟霞。

春风吹醒门前杏，昨夜偷开满树花。

自 题

何事牵肠不计年？深宵对月未能眠。

常悲箧里无佳句，懒顾屏中缺订单。

瘦笔唯因学问少，乏身只道取财难。

人生纵短难书尽，整理行囊任去还。

◎ 余燕君

春 日

杜宇声中春自归，闲来深忆是芳菲。

他年岁尽君如在，须到江南叩我扉。

临江仙

同学聚会

桂子飘香秋正好，倩谁共话曾经。灵山未改是多情。流光谈笑里，指点忆嵘峥。　红木栏边飞逸兴，兰舟来去纵横。白鸥起处舞娉婷。浮生如逆旅，江上数峰青。

◎ 胡文明

无 题

今日酷寒无奈何，推声敲韵唱蹉跎。

青春已去激情少，白发丛生爱好多。

室静帘垂听铁马，窗明罢挂望银河。

人间万事云水淡，雪月风花一首歌。

游滁州醉翁亭有感

当年永叔到琅琊，水碧山青满树花。

醉酒筑亭胸胆阔，品茶联韵夕阳斜。

深幽谁晓山林意，高远我乘云瀚槎。

一路访仙今到此，漫山红叶灿如霞。

◎ 朱永兴

立春感赋

东风已上柳塘边，蝶影蜂飞到眼前。

对镜拭除双鬓雪，情投芳甸拾余年。

冬日感赋

蝉声刚息又寒天，浊酒青看自小筵。

面壁常思来往事，伏几犹悟古今贤。

叹无博识吟哦苦，幸有幽窗月色娟。

眼看三冬飞样去，痴心一片向来年。

◎ 谢长虹

游象山

碶头陈村油菜花田有感

车至田头留影忙，时人偏爱草根香。

城中鸡饭浑无味，犹似春风未染黄。

雾 霾

混沌重重隔朝暮，相逢无语只问天。

可怜辛苦唯风雪，凭借残梅认去年。

◎ 吴广川

风台感怀

一曲歌方尽，沛公珠泪垂。

三千子弟走，沙场几人归？

触景乡情动，举樽豪气飞。

回思征战路，既喜也还悲。

小 雪

悄送轻寒飞万家，应时节气本无差。

且添袄裤邀观景，更供炉台约品茶。

仰睹风枝摇素练，转看斗舍宿黄花。

随心一捧飘飘絮，遍地诗情欲吐芽。

◎ 董雪松

鹧鸪天

回乡感怀

翠柳含烟入画屏，山花溪水绕庄庭。梨桃杏柿枝头笑，牛马鸡鸭坡上行。 怡兴致，唤亲朋，石桌木碗品佳羹。几时了却凡尘事，心若闲云听晚风。

临江仙

初春观桃花有寄

非是争开三月，只因历过深冬。枝头一抹正葱茏。淑英着绛紫，莺嘴透猩红。 犹念桃腮吹雪，依稀几度相逢。长门望却又重重。春心休寄取，映水怕无踪。

◎ 李鸿年

元夜思

老来多忆事，乐与故人谈。

有树失培土，无心误采兰。

茶清不羡酒，道奥可登仙。

最是情难忘，安得共月圆。

咏 竹

枝叶青青四季春，虚怀一片溢清芬。

亭亭霜雪风前影，袅袅笙箫月下音。

食素有卿君子意，寄情无我客人心。

已闻流响思清雅，对饮流霞千万樽。

◎ 萧本农

扯笋子

为有时鲜共酒盟，南山寻笋雨初晴。

怜它出土苗儿嫩，扯起犹闻拔节声。

花甲感怀

甲子花开春又临，遣怀一曲寄知音。

乘除世事浮云意，平仄人生止水心。

啖蔗回甘宜细品，悟禅得味且长吟。

由他岁月增中减，保有康宁值万金。

◎ 黄群建

卖菜女

担中蔬菜正时鲜，未到新街不歇肩。

莫道霜风吹面颊，向人一笑灿如莲。

春耕小记

老牛春日带愁颦，负轭牵犁已逾旬。

稚犊悠闲身后走，不知来岁亦艰辛。

◎ 于艳萍

重阳有感

东篱吹艳识重阳，不觉秋颜换靓妆。

岁月何曾惜人老，去留却易感茶凉。

常怀绮念雅声美，莫问斜晖槐梦黄。
风景这边堪独好，枝头红叶胜春芳。

青玉案

岁月流香

繁华着锦烟花路，待回首、风篷举。莫道红尘都是苦。一腔愚勇，半生零露，看取枫红处。　　横塘水静依烟树，日丽风柔自心与。坐拥鲜云能几许，暗香无迹，飞鸿慢去，听我殷勤语。

◎ 纪翠萍

闲 居

床前鸟宛啭，门外柳摇琴。
梦醒花亭下，悠然捧卷吟。

上老年大学

老又黉门进，求知奏乐章。
诗词裁雅韵，琴瑟引高吭。
起舞风姿媚，登台神采扬。
霜华情未了，潇洒俏夕阳。

◎ 史玉凤

临江仙

迎春花

篱畔垂条春报早，风前一片清香。腊梅不及小花黄。客言君气质，余曰汝端庄。　　笑看凡尘多少事，

无心分得晴光。冰寒一任自疏狂。娇柔归季节，美艳入诗章。

一斛珠

夏 夜

一窗萤火，偏偏人静分成朵。不同星子千千颗，挂在中天，共与婵娟坐。　　无睡枕衾能几个？殷勤暑气香帏锁。清宵似被风吹破，不让愁生，忘了从前我。

◎ 张孝玉

雪 后

雪逢梅花淡淡香，茫茫不是旧汪洋。
小村翠柏笼新策，网络飞笺递锦章。
人造乾坤无限大，未来日月又多长？
京华两会又临近，新拟打油诗数行。

书 怀

书窗吟诵借晨昏，只是涂鸦未入门。
每吞锦卷品仙味，偶释豪情作井喷。
盈眸奇色思成幻，贯耳泉声曲似真。
莫问此生何处去？诗场驰骋度芳春。

◎ 方建钢

赠长沙刘毅君

岳麓三杯酒，韶山一盏茶。
洲行怀旧雨，浪起洗新沙。
闲语随星落，舒心伴月斜。
洞庭分两界，南北有吾家。

母亲

开年又是别离潮，忍看村头白发飘。
浊眼不知人已远，犹抬只手对空摇。

◎ 鹿红丽

梅

不因姿艳对谁瞋，独抱横枝慰冷身。
吐秀崖边非寂寞，隐芳墙角蕴天真。
人称蕊白能清气，我道花红可养神。
欲折窗前香入墨，回眸影透一帘春。

兰

心藏淡雅忆芳菲，曾是仙姿隐翠微。
今把幽香移草院，自能清魄对残晖。
迎风每作柔情曳，落雨依然款翅飞。
更有松梅君子伴，襟怀一曲踏春归。

◎ 叶荣洲

尖 蕾

淤泥浊水掩娇胚，蓓蕾探春露一枚。
柳翠鹃红蜂蝶舞，鹂催荷绽竞花魁。

◎ 彭凤霞

卜算子

学风雅

女史逾知非，风雅频相顾，效笔先人长短句，也似莲花吐。　所幸有贤师，掬我清芳露。悟到良言惠此生，莫把光阴负。

江城子

寄高考学子

欣欣兰气入书声，品千城，旭光清。十载星云，寒暑夜挑灯。一阅韶年风雨路，何堪苦，自分明。　万门学子试初翎，看雏鹰，且飞鸣。无愧青春，莫憾榜中名。世上贤人皆有志，方兴道，任君行。

PK 唐宋

◎ 蔡世平

天山冬行之望月

苍茫一片月，大野音尘绝。

似见故人来，对看天山雪。

◎ 褚云香

为友人舞青龙梅花剑

刺如龙出水，翻若燕凌空。

舞罢悄然立，春梅一树红。

◎ 杜　随

秋　感

我居江之右，君居江之左。

此夜凭窗立，江头放烟火。

杂　诗

白羽飞旋下，夕照芦花荡。

水天俱澄明，轰然猎枪响。

又

天空静如床，月似初生子。

无情日夜流，我是江中水。

◎ 李　轶

绝　句

春雨潇潇处，烟梢暗暗青。

梦来烽火急，彻夜打窗声。

◎ 刘庆霖

哨所吟

傍晚坐山冈，松风吹月上。

扯来一片云，擦得钢枪亮。

故乡边境线行

国家兴盛靖边关，紫燕黄莺争往还。

禾黍也知无战事，豆花开到界碑前。

松花湖畔晨起

清晨最喜岸边峰，十万生机藏此中。

提起林襟轻抖动，一堆鸟语落春风。

送于德水之日本

百年聚散似飞鸿，唯把真情叠梦中。

分别望残心里月，相逢握痛指间风。

登抚远"东方第一哨"

抓吉山外起微云，款款东风抚远村。

晨登哨塔谁如我，迎取朝阳第一人。

冬天打背柴

一把镰刀一丈绳，河边打草雪兼冰。

捆星背月归来晚，踩响荒村犬吠声。

◎ 刘如姬

乡居即事

鸡鸣青石巷，犬出白柴扉。

农人鞭暮色，相与老牛归。

◎ 卢青山

肖健家试新笔随书之

我笔钝如牛，暮色灵如笔。

窗外万重山，随手抹为一。

清 风

清风傥然来，偶与水相遇，

君看微波生，是风与水语。

共肖夫妇小儿山行

沿溪曲折漾花红，随地村庄静若空。

一刹风来吹忽起，春山都在鸟声中。

五月二十三日车行
书所见示同行

初生小叶已宜风，正与波光两泄溶。

似见荷花波底动，明朝跃出万塘红。

同日车行龙源水库

缭行逼仄如行隧，转过前矶眼忽宽。

斜日入波光怒起，一时焚灼万重山。

双花水库作

浮浮小屿真幽绝，扁蚌圆螺住屿端。

赴岸连波声娓娓，似同岸石两呢喃。

◎ 彭 莫

楼角野花

默默生墙隙，无名独自开。

但为君一顾，不必上阳台。

雨 前

风劲响千树，云低阴万家。

待看天一洗，莫惜落些花。

牛

只犁荒尽拓，斤草乳长流。

尤得股民盼，满仓中石油。

兔

身系名门后，诸君莫眼红。

吾家千世祖，曾住广寒宫。

听金小鱼背唐诗

红豆兴盐国，黄河遇海牛。

我闻心盛喜，李杜莫深愁。

编者注：作者网名"金鱼"。

望月寄友

西风断续夜清寒，蓝幕无声挂玉盘。

想得费城时正午，可怜月也不同看。

风 扇

只近人边吹冷风，但争酷暑一时红。

若加左右频摇摆，身价登时又不同。

夜 曲

空屋渐冷梦彷徨，聚散轻烟绕指长。

隔壁谁弹a小调，一时月色满衣裳。

高 楼

高楼独矗夜冥冥，触眸划落一颗星。

几人正似当年我，漫对流光说永恒。

夜 车

旧途新梦各难回，嵌雪车窗犹自偎。

夜似古原原似海，不时浮上一灯来。

◎ 韦树定

沛县怀古

其功在斩蛇，其罪在烹狗。

千载是耶非，《汉书》持下酒。

◎ 徐战前

寒 流

今夜寒流至，雁门冰雪侵。

独行松柏里，欲证后凋心。

雪

大气寒犹重，阳春暖渐回。

千红藏未放，先让雪花开。

◎ 张智深

轩辕井

秋洗苍梧壮，苔封古壁寒。

深深知几许，上下五千年！

月夜摇篮曲

听取轻歌里，今宵月几多？

篮如舟一叶，摇梦入星河。

楼头大钟

静观天下事，高踞在城颠。

威武抡双臂，指挥日月旋。

木 炭

不堪梁栋选，火炼始成材。

无光堪炫耀，暗送热忱来。

香山红叶诗会

小聚香山雅兴浓，推风敲雨竞神通。

唯有天公诗最美，巧将秋韵押枫红！

北京护城河

浓愁淘尽水初清，广厦宏桥影倒生。

十里春波何所似，一条领带绾神京。

访林巧稚墓

淡烟斜日草萋萋，露润石栏花影低。

鼓浪园中春梦稳，莺歌袅袅似婴啼。

陕北谣

遥听信天游子吟，坛开老醋品乡音。

高原万里长凝目，一串羊蹄纫古今。

小村秋夜

雨霁黄昏鸡狗喧，家家葱酱伴柴烟。

青芒惹得秋心痒，麦熟三分月似镰。

◎ 钟振振

过临高角，海南解放
战役登陆地也

四野奋神勇，千帆走海涛。

三军里应外，一鼓下临高。

自注：海南战役参战部队，乃解放军第四
野战军所部第四十军、第四十三军，以及
长期坚持海南敌后武装斗争之琼崖纵队。

雁荡山大龙湫

一绳水曳素烟罗，百丈疑悬织女梭。

何必秋槎浮海去，攀援直上即天河。

青藏列车过可可西里
野生动物保护区

汉唐故事两微茫，殷地雷声走大荒。

啮雪餐风都不见，满山自在藏羚羊。

龙潭森林公园路遇群
猴掠游客矿泉水

缒壁投岩跳掷轻，诸猴可咍是精灵。

清溪满谷矿泉水，偏劫游人唾剩瓶。

赛里木湖

雪岭云杉各有枝，其姝静女自情痴。

一湖水酽千年梦，恨不知她梦里谁。

雁门关过八路军三五八旅
抗日战地

虎旅传奇说雁门，祖传父母子传孙。

至今勾注山重叠，犹作嘶风万马奔。

◎ 曹 旭

平成六年元月

千里云山入望迷，乡关别后梦依稀。

新年不觉钟声动，夜半归寮雪满衣。

初见日本樱花

鸭川江畔独吟行，渐远家山云外轻。

忽见樱花如雪海，故乡明日是清明。

户仓英美、矢岛美都子
邀看东京樱花

清明草色绿如裙，游子携壶半已醺。

梦里千山飞绛雪，樱花涨断一川云。

◎ 陈永正

钟落潭忆梅

十年江国见华枝，过眼如云总自持。

此夜满潭微月荡，到无寻处始相思。

偶 成

谁人晞发向阳阿，满眼楼台夕照多。

入世渐深诗渐浅，不知沧海有惊波。

◎ 陈云华

电　影

世情画面看缤纷，今古时空万象陈。
笑骂皆言不关我，安知不是戏中人？

洗衣机

波轮飞转水中心，污渍清除力可任。
败尽诗家秋兴致，长安不复捣衣砧。

◎ 邓世广

杜甫草堂口占

少陵故事旧曾谙，茅屋花溪秋影涵。
休以微词轻地域，先生原籍是河南。

翠云廊张飞井戏题

半瓢饮罢意陶陶，不怕无常梦里招。
借得燕人豪气在，一声喝断奈何桥。

◎ 方春阳

梅　花

浮动横斜续亦难，不妨放笔且凭栏。
诗家妙句无多少，剩着些儿宠牡丹。

◎ 高立元

参观喜峰雄关大刀园

揭地风雷卷怒涛，无言青铁记前朝。
当年喋血斩倭地，来看中华第一刀。

◎ 郭定乾

写春联

自撰春联恨未工，俗书尚可哄村童。
狂挥一管涂鸦笔，写得千家万户红。

题乐山大佛

稳坐江边不计年，眼中见惯浪翻船。
问他那得全身术，不倒原来有靠山。

◎ 洪祖林

垂　钓

垂纶溪畔百忙余，十次抛钩九次虚。
输与赃官多手段，高台专钓美人鱼。

◎ 花小开 （网名）

岁　末

渐由妄语到沉音，点检年华感愈深。
最是不能相较者：少时梦与此时心。

有　寄

五湖烟水证初逢，重到依然断续风。
犹记浮云携影处，清波曾与眼波同。

◎ 江智猛

乡村春行

花漫平畴水漫堤，春来处处动铧犁。
人勤不用催耕早，陌上空劳布谷啼。

山 雨

环楼簇拥野花开，艳似江村少女腮。

喜得暑祛连夜雨，香瓜爬上小阳台。

◎ 黄宗壤

题《蜂猴图》

空山松子无声落，幽谷猿啼日色昏。

休借封侯变嘴脸，纵加冠冕亦猢狲。

◎ 蒋光年

无 题

昨夜雷鸣骤雨过，漫天昏暗竟如何？

今朝且上楼台望，依旧青山绿树多。

青龙峡

横皴竖擦色斑斓，万壑松风飞瀑寒。

芥子园中诸画谱，不知尽出此间山。

谒日本甲府古城

秋林过眼尽流霞，富士山高笼白纱。

舞鹤城中无鹤舞，一天苍莽闹寒鸦。

过台州国清寺

天台烟雨赤城霞，双涧萦回万木遮。

一塔峨峨钟磬远，老梅虬曲两三花。

九日步韵答东遨象贤兄 兼寄诸诗友

山林城市峙江衢，东岭南郊好卜居。

不必登高赋诗去，晴窗斜倚咏茱萸。

步黄君兄《游西津渡》用张祜韵

老街石塔小山楼，古道西风君莫愁。

一眼千年看不尽，依稀帆影过瓜洲。

◎ 李秋霞

车窗即景

晚荷高柳夕阳间，又到西风百草斑。

白白黄黄纷沓里，枫红浮出冀原山。

金陵寄远人

金陵生小作乡关，芦叶鸥鹭共一湾。

雨后好知春水涨，清泉飞带六朝山。

◎ 刘道平

咏 竹

曾与青山共翠微，在山惯看白云飞。

一旦身为长笛后，便喜人间横竖吹。

◎ 刘少平

画 兰

娉婷一箭小盆栽，移向书堂壁上开。

对影临风轻扇手，微微渐觉有香来。

◎ 刘永翔

论 诗

生虽并世各家风，李杜谁能判拙工？

自古英雄同所见，不凡吐属不雷同。

又

经世匡时成昨梦，范山模水耗修能。

谁言柳柳州忧国，不及麻鞋杜杜陵？

又

读书万卷笔如神，哀乐平生要过人。

颇喜涪翁诗有法，却嫌心少小儿淳。

又

无力蔷薇卧晓枝，阿谁唤作女郎诗？

须知春雨非山石，岂可横空学退之！

又

新妆宜面出侯门，世上都将国色论。

始信中姿善修饰，也堪一代惹销魂。

◎ **楼立剑**

早　春

嫩寒浅暖未均匀，小院风情已逗人。

才有桃花三两朵，却教蜂蝶炒成春。

◎ **罗　辉**

告别染发

桑榆虽晚夕阳红，无意雄雌宋玉风。

我自还原双鬓雪，悠然对饮岁寒松。

◎ **马斗全**

题寄居蟹壳

曾护青螺逐浪浮，还供绿蟹就深游。

我今沾湿携归去，东海波涛在案头。

◎ **梅关雪** (网名)

普救寺二绝句

莺燕哝哝钟梵遐，春风梨雪晒袈裟。

一时风景僧家胜，亦种菩提亦种花。

又

殿阁崔嵬水木清，玲珑古塔唤莺莺。

红尘障我心和眼，不见如来不见卿。

◎ **孟依依**

丁　香

一般心志各珍藏，共弃浮华时世妆。

爱极约君君肯否？来生君我我丁香。

◎ **秦月明**

水　边

绿柳扶疏浓淡妆，兰芽未吐草含香。

欲眠欲醉熏风软，无数鳞纹过小塘。

◎ **冉长春**

游未名湖

欲得风光绕岸行，秋蝉几树不稍宁。

呼来呼去均知了，湖水犹然道未名。

开封府三铡

料是寒光惨不收，何堪杀气栅中囚。

灰尘最厚无须问，但看龙头与虎头。

音乐喷泉

欢呼一跃入云间，暮地声销若等闲。

莫问升沉缘底事，垂垂夜幕掩机关。

军训队列行进受阅

眼角余光主席台，凝神提气到双腮。

一闻走字齐开步，十万罡风卷地来。

丙申惊蛰听滕伟明会长谈诗词发展后游浣花溪作

不许闲云抱石眠，山风发动笋三千。
尖新笔向青空写，昨夜春雷醒四川。

◎ 殊 同

西站送客

客中送客更南游，一站华光入夜浮。
说好不为儿女态，我回头见你回头。

◎ 宋 红

兵马俑

跨虎东巡射海鲸，秦王霸略与云平。
阿房一炬成焦土，陵寝犹屯十万兵。

◎ 滕伟明

新 娘

送亲小队过乡场，一样梳头一样装。
里巷小儿齐拍手，就中红脸是新娘。

小诗代答

自笑癫狂一酒虫，醉中犹唱大江东。
每于秋爽登高望，检校青山十二重。

◎ 王恒鼎

山中独坐

去留无意片云轻，独坐空山对晚晴。
此景此情当此际，万松不语一泉鸣。

◎ 王晓卫

和徐师《三亚河西步月》诗

一水中流两岸青，三桥形制各分明。
四面笙歌五更里，渔舟入海月西行。

◎ 王子江

哨所吟

最好峰头腊月家，山川一色玉无涯。
冰原逐犬拖年货，风在门前扫雪花。

又

持枪换哨下楼台，恰遇朝阳采访来。
塞上新闻随处是，春风注册杏花开。

◎ 温 瑞

燕 子

不畏艰辛云路遐，衔将春信向天涯。
临风一剪千山绿，只取丸泥补旧家。

◎ 吴 畏

立 堤

无声细雨入清波，一岸稀灯夜几何？
悄立长堤城市寂，风如河水我如螺。

◎ 吴战垒

车过殷墟

白杨夹道水鸣渠，万里车行龙战区。
禾黍接天骋望眼，夕阳红尽是殷墟。

车行即景

川原绿遍水平堤，嘉木奇花望欲迷。

最是闽南风物好，道旁龙眼压枝低。

纪念陆游诞辰八百六十五周年

枫叶流丹柏叶红，一船秋色鉴湖东。

斜阳古柳前村里，可有盲词唱放翁？

◎ 伍先芳

千岛湖

横赣来寻海瑞衙，已输濯足一乘槎。

旁人争说湖光好，我独凭阑看浪花。

◎ 谢良坤

石梅湾闲坐

黄发一竿横钓台，儿童争蹴浪花开。

中年看海最多事，要带潮声入梦来。

◎ 许清泉

题般若寺蟠龙松

已为听经立几朝？凌云势就尚弯腰。

浑身鳞甲先生满，只待风雷上碧霄。

◎ 杨斌儒

过莲塘

含露清风拂面凉，行吟款步过莲塘。

贪心不顾诗囊破，更塞新荷一缕香。

◎ 杨逸明

题喜马拉雅山脉

雪域神奇多少山，无名无字耸云端。

随移一座中原去，五岳都须仰首看。

瓦桥关遗址

一行人立雨潺潺，同向村翁指处看。

超市左边餐馆右，当年雄矗瓦桥关。

靖国神社

狂徒牌位社中陈，枪炮仍留大战痕。

群鸽盘旋惊恐在，怕人来此赋《招魂》。

蛇年戏作

共期佳运转年华，爆竹烟光闹万家。

莫道农夫心独善，今宵哪个不怜蛇？

◎ 依水而居 (网名)

无　题

相逢网上面谋难，每爱文章涌壮澜。

酒醒中宵无睡意，鼠标作马访长安。

◎ 曾　峥

夏夜田园剧场

云浪轻摇月亮船，灯眸静守旧河湾。

野荷千顷无人管，付与青蛙合唱团。

夜车陇上

金衔陇阪月跳柑，唐汉遗墟梦若谙。

谁倩行窗作屏幕，连人切换到江南。

庚寅游江南

春云布景最宜蓝，柳幕藏村燕子谙。

谁揭金黄千万缎，长车一线剪江南。

致艾伦·金斯堡

垮尽楼台瓦砾存，私焚灵药飨游魂。

遥知爵士天涯吼，车眼如狼过古原。

春过圣若瑟女中，即今市第十九中学，在汉口自治街

青梦庭园蝶未归，藤波泻壁柳成围。

百年光影晴飔底，都付闲花缓缓飞。

◎ 张海沙
从化别业即景

百里流溪似画廊，荔枝龙眼各添香。

扁舟载酒随波去，且共青山醉夕阳。

◎ 周　进
内蒙途中

奔走龙蛇未可驯，苍崖矮树太嶙峋。

北行千里看山饱，回向江南觉水亲。

秋云命赋钢笔

键上敲来似乱铤，霜毫曳纸太无声。

几回雨夜春蚕响，噬尽愁心睡不成。

为寞蓝摄影蓝色牵牛花写意并贺芳辰

乱红狂紫久相厌，菊影梅魂渐不堪。

只向阳台占一角，流光止处是深蓝。

往泸沽湖道中

云山几处野烟斜，篱舍偏生隔世嗟。

最是儿童无一事，牧羊不避往来车。

泸沽湖晨起写意，用当地摩梭族走婚俗拟之

天光一线泻银波，夜气如郎过远坡。

正是美人犹未起，满湖摇荡梦婆娑。

◎ 张青云
游崇州罨画池怀陆游

轩榭亭廊绝点尘，池开罨画历千春。

谁怜柳软花娇处，曾著南山刺虎人。

◎ 知艳斋（网名）
黄山人字瀑

宛转灵源绝俗尘，苍崖素练趣尤真。

横空一篆堪回味，要做清清白白人。

◎ 周裕锴
东京浅草寺

赫赫雷门灯彩悬，铺排店列竞喧阗。

依稀故里城隍庙，婆饼焦香记幼年。

清荒神铁斋美术馆感怀

水可渔兮山可樵，幽窗画境俗情消。

悄然坐我岷峨下，万里乡心一梦遥。

周庄杂咏

柔橹曾从梦里摇，扁舟载月听吹箫。

诗心只合江南醉，不觉斜阳过柳桥。

钟山秋色

朔风吹雨扫龙蟠，野径萧条霜叶残。

千古莽苍王者气，穷秋犹炫色斓斑。

◎ **周济夫**

特呈度假村景观池观鱼

莫把濠梁拟此池，几人真得漆园痴。

匆匆我亦红尘客，默对鲋鱼出水时。

◎ **周啸天**

榆　林

词人兴会更无前，踏雪寻梅天地间。

一笔等闲删五帝，独留魏武著吟鞭。

◎ **朱继文**

邻　居

隔篱各自种桑麻，你酌清醅我酌茶。

蜂蝶追花过墙去，原来春色不分家。

◎ **濯缨轩主人**（网名）

雨后观深圳凤凰山

海天雨过净无埃，小倚轩窗笑眼开。

忽觉好峰如好女，青青扑向抱中来。

◎ **负离子**（网名）

西湖边看现炒龙井

众香闻尽一香殊，嫩叶新锅小火炉。

且向老翁称二两，三千里外饮西湖。

◎ **倦舞一扇秋**（网名）

秋夜无题

一片琉璃碾碧空，遥怜玉斧太玲珑。

今番始信天如水，凉透西湖一段风。

江苏省诗词学会

◎ **李静凤**

坐紫藤花下

春衣欲减百香仍，一种伤心说不能。
满地斜阳放花影，闲看青鸟度垂藤。

雪 晴

一案横陈百事除，摊开晴雪读书图。
小窗人立寒依旧，四面山青淡欲无。
银茧封尘迟遇蝶，红绡得泪便成珠。
此身何待东君主，座有梅花道不孤。

◎ **舒贵生**

沁园春

初日登金陵赏心亭放怀

（步言恭达先生韵）

振袂登高，拨云望远，欲化千身。听鸡鸣凤唱，丹霞浴日；龙吟虎啸，紫气熏茵。今我同来，横空奋笔，联墨馨香九宇春。江山丽，看人文风物，竞秀华辰。 贤能以德为邻，纵豪雄，莽愚何足珍？品文赋千篇，欣聆玉韵；清茶一盏，胜饮甘醇。铁骨擎天，慧心印月，勋业传扬美善臻。诗随梦，任神游今古，别有乾坤！

沁园春

端午阅江楼放歌

江上清风，远引波涛，静扫烟尘。看天开吴楚，峰峦涌翠。楼辉日月，冠盖凌云。狮岭挺胸，卢龙昂首，一柱擎天壮古今。我来也，借明山秀水，重铸诗魂！ 低回遥想灵均，常忧国忧民泪满襟。叹醒亦怀沙，兰摧蕙折；醉而捉月，玉坠星沉。屈子何之？青莲安在？浩荡春潮带雨吟。惊雷起，向高天发问，终有回音！

◎ 尹国庆

临江仙

雨沛风酣三月暮，落红飞絮如潮。芳魂一缕待谁招？多情双燕子，剪羽向云霄。　　莫叹韶华眼底尽，无边翠绿妖娆。一年最美是春朝。人间新气象，采采壮风骚。

水龙吟

竹海行吟

东坑玉竹潇潇，参差绿色波如海。长川百亩，结根深壑，一丘林蔼。嫩箨香苞，老枝新干，物中偏爱。任苍茫翠黛，葳蕤擢地，红尘隔，荫如盖。　　暇日寻游揽胜，最宜人，雨疏风快。从容领略，生机化育，奇情异彩。截断龙枝，修成箫管，横吹天籁。把诗囊料理，随心所欲，度清凉界。

◎ 魏艳鸣

咏剑门关

岩飞崖断雾冲霄，到此英雄亦折腰。
云暗遥听风猎猎，城高愁对雨潇潇。
峰峦谁铸无双剑，兵甲终看几代朝？
从古得心方得固，当关自有霍剽姚！

咏菊

前身合是谪瑶池，恋恋秋风知不知？
霜意寥寥云逸韵，晓寒淡淡月清姿。

格标陶令绕篱处，节见郑公题画时。
抱得真情香一缕，为谁瘦尽十分痴？

◎ 汤　洁

听"沛筑"有感

曾寄风云志意扬，又怀逐鹿在东方。
急敲切切惊酣梦，轻拂蒙蒙照艳阳。
身蕴万般豪迈气，弦留千载凛然腔。
筑音回荡彭城地，等待英魂返故乡。

题云南洱海凤凰女神像

凤舞长天落世间，苍山洱海结佳缘。
芳容已绣三千丽，衣袂还飘五彩妍。
心系风花飞洁雪，情牵弯月卧清源。
化为青鸟殷勤看，护佑云南境胜仙。

◎ 刘　晓

初冬随园雅集

雪融红叶怒，壮彩秀云端。
飞白呼椽笔，镏金嵌凤冠。
闹中无静乐，忙里有闲宽。
酒引莺啼序，再填相见欢。

博　鳌

椰风海韵自天恩，送目深蓝旷世存。
玉带滩头生子鳌，金牛岭上铸龙魂。
万泉荟萃琼林宴，九曲逶迤置祖根。
异彩长坡新浦鉴，论坛扮亮小渔村。

◎ 陈克年

题《峡江帆影》

风晚云横秋气浓，闲亭吟罢对长松。

旧时明月今宵冷，欲寄归帆意万重。

题山水

深山未许向闲人，泉响花飞又一春。

坐对书窗寻古趣，晴云有意是堪邻。

◎ 杨　苏

卜算子

幽梦白莲花，开在心头左。邂逅轮回于此间，可是前生我？　日照水清澄，回首因和果。深悔偶然心乱时，燃错痴情火。

随　感

蓝天白日照晴川，落叶赎秋掷万钱。

我买江南三百里，养鱼种草采红莲。

◎ 渠芳慧

访兴化老街

偶作昭阳访古人，春烟迷巷倍相亲。

方怜才子宅中竹，又入状元坊外尘。

闻鸟如逢辽海鹤，看花都似葛天民。

鲁灵光曜还长在，怪得风抟起凤麟。

孔子讲书堂

临壑环岑望岱宗，驻闻如有古时钟。

应怜道脉毗洙泗，况是儒云蓄凤龙。

进学虫鱼俱若拜，通灵木石亦堪封。

杏花每溯向深处，犹觉先师会再逢。

黑龙江省哈尔滨市诗词学会

◎ 杨克炎

丁香花下少女

——题老照片

小街板障丁香院，楚楚繁花醉煞人。

一片春风伊步履，眼前清气尽纯真。

◎ 张登奎

初秋游青岛海滨公园

煦日当空暖，惊涛拍岸凉。

林中闻鸟语，礁上见鳞光。

花蟹水洼觅，青螺石隙藏。

离开晒网场，来做打鱼郎。

三十年后重游黄山再过"梦笔生花"

当年梦笔惊初见，一缕温馨喜再逢。

梦里奇峰浑不老，心中豪气半成空。

当时雀跃身如箭，今日蜗行体似弓。

愿乘浮槎渡云海，蓬壶岛上觅仙踪。

◎ 刘晓旭

暮春雅聚

清明谷雨又经年，陈酿新蔬落玉盘。

此日尽邀南北客，佳章美句各争妍。

◎ 张 济

游乌苏里江见喷气飞机

丽日乘风破浪行，大江雨过水天清。

谁将豪气催银燕，万里长空写一横。

车至阿木塔蒙古风情岛

夜阑灯火月明迟，百里烟波梦不知。

半岛休说天地远，蚊虫犹似旧相识。

◎ 李 勇

丙申四月初三接世鸿短信知其重返广东正过义乌并赋感怀之诗慨而和之

谋稻难如意，粤邦去复还。

别衢当已久，念汝未曾闲。

偃蹇须臾事，荣枯进退间。

人生磨折处，杲杲日腾山。

乙未初春日暮独步公园有感

人到中年不自由，偶来小苑放青眸。

诗笺久负桃红艳，风采全输李白瓯。

故习早因生计淡，新忧每胜落晖稠。

何时得共二三子，谢客闲情续旧游？

◎ 王卓平

临江仙

过松浦大桥江畔小憩

倚岸萧萧芦荻，泛波点点沙鸥。凭栏笑看大江秋。桥边残叶舞，天际白云流。 但许搓搓烦恼，更当洗洗闲愁。诗心此刻倍清悠。远山迷醉眼，小棹隐芳洲。

沁园春

漫步老江桥

雪打萧森，雨蚀凄凉，已过百春。叹江涛浩浩，奔流岁月；车轮滚滚，碾碎风云。往事嵯峨，苍烟缥缈，多少曾经不忍温。凭栏处，看斑斑轨迹，叠叠伤痕。 轻关历史重门，便更觉身为一粒尘。畅天边霞影，红情灿灿；桥头柳色，翠梦欣欣。散淡鸥飞，从容燕舞，聊共清心词岂贫。青莎踏，把悠悠思绪，遣向黄昏。

◎ 史 虹

踏春采风

一路欢歌思绪长，两般言语笑声扬。

三尖梅下填词律，四季松旁谱韵章。

五绺棕榈含密刺，六株芭叶有花香。

七星楼阁临苍海，八面风前共举觞。

老 兵

转瞬之间叶又黄，兵营久踱倍彷徨。

轻摸器械余温在，仰卧草坪觉土香。

犹记连天飞雨雪，不辞险路卫家乡。

熔炉锻得仪行美，依旧回村做栋梁。

秋日感怀

秋寒风做剪，无意问霜天。

不觉红花谢，相期落叶妍。

蝉声烦似鼓，岁月杳如烟。

如水春秋景，荣衰又一年。

◎ 张海红

赏香雪兰花

纤尘不染到君前，自是天香气不凡。

不与繁花争艳色，冰心一片降人间。

山东省枣庄市诗词学会

◎ 黄友龙

乡 愁

疏枝摇曳上香腮，又见儿时桃杏开。

揉碎乡愁堆满地，春风吹去复还来。

◎ 张长魁

望 月

吟诗才罢步闲庭，仰望东方满月升。

欲摘明珠天宇上，案头移作读书灯。

◎ 李 芳

鹧鸪天

洞庭湖

山色湖光一望收，明霞万里灿神州。沙鸥婉转鸣春韵，白鹭悠然逐浪舟。　天下仰，古今讴，地灵人杰共风流。烟波浩渺游人醉，几曲渔歌情未休。

◎ 邱启永

观钱塘潮

波涛涌雪岭，鼓角动杭城。

风自仙山起，潮如大海倾。

雷公增怒势，旌旆扩威名。

犹信吴胥在，年年斗越兵。

浣溪沙

游日月山庄

山上牛羊映彩霞，炊烟袅袅树笼纱。新村古寨绽春花。　激滟清溪横舴艋，朦胧霜色上兼葭。横斜竹笛夕阳斜。

◎ **朱泉升**

春　日

风光起水涯，草木发春华。

鸟啭寻幽径，燕来还旧家。

梅窗疏影淡，荆岸柳丝斜。

何日君来此，山中去看花。

◎ **赵家骏**

春　风

春风连夜走天涯，荆水初明岸柳斜。

茅舍新停持盏手，肩头簌簌落梅花。

南海诸岛

石塘千里向天涯，浩渺烟波一线斜。

几许明珠落尘垢，海鸥依旧恋中华。

◎ **马世杰**

冬日游三亚

北国冰封雪未收，此来三亚正春稠。

天蓝尘净白沙软，椰茂花香红锦柔。

珠灿南山松舞鹤，碧澄东海水鸣鸥。

琼崖飘动情无限，月照华楼梦亦悠。

◎ **李　强**

游岩马湖即归

日落平湖下翠微，一声长笛鸟纷飞。

驱车无意捎春色，几片桃花沾上衣。

江苏省镇江市润州区诗词协会

◎ **李克俭**

游竹林寺

山峦呈黛色，萧寺绕清音。

雨洗峰边竹，泉鸣石上琴。

携云描画卷，摘句赋诗心。

每每痴余韵，年年带雪吟。

赞农民工回乡创业

游子归来未洗尘，回乡建厂倍艰辛。

他乡苦苦打工仔，故里堂堂创业人。

学技于心心有梦，扶贫有信信成真。

耕耘大任挑肩上，致富一方情为民。

◎ 步小妮

改革开放四十周年

万里长云尧舜天，沐风栉雨梦初圆。
霞飞万里腾麟凤，春暖千山唱杜鹃。
休说雄关艰似铁，且看华夏爱如泉。
漫漫长路苦求索，不负苍生四十年。

◎ 张云龙

鹧鸪天

咏絮

倩影招来风做郎，天涯难解是离乡。一朝雨落鸳鸯散，两侧愁生草莽狂。　　洁似雪，体如霜。难逃身贱陷沟塘。淖污何碍新牙嫩，几载成团扑秀窗。

◎ 梅和清

喀纳斯天下第一哨

岭上国旗飘，军歌动九霄。
山峰腾雪浪，河谷涌云涛。
骏马驰疆场，寒风撕战袍。
睦邻三接壤，千古自风骚。

◎ 张晓斌

春风三月

湖边三月长芦芽，紫燕春蜂又一家。
瘦柳安知新叶短，偷身碧水衬梨花。

◎ 孙　中

漓江兴坪游

日光隙射白云悠，天赐漓江共我游。
千筏竞争波浪起，群峰亲和鸟声柔。
山重壁立应无路，水复临弯却有楼。
阳朔风情观不尽，良辰美景把人留。

◎ 刘朝宽

访南山杜鹃

久慕南山老杜鹃，桃英菊蕊两重缘。
松间时见丛丛火，岭上常生朵朵棉。
鹂语空灵声起伏，泉流清亮势盘旋。
欲寻旧事当年树，竹院萋萋飞雨烟。

◎ 陈宏嘉

黎里泛舟

一叶扁舟红日斜，桃花村里访桃花。
水乡泽国三吴地，汉瓦秦砖百姓家。
夹岸廊棚利遮雨，毗连店铺益繁华。
横空桥石挑夫过，盒菜飘香萦水涯。

安徽省宣城市宣州诗词学会

◎ 汪传春

喜 雪

北地飞花八月中，江南景象不相同，

朔风妒我青山好，一夜偷来北国冬。

◎ 肖礼堂

诗词大赛鏖战急

——《昆山湖杯》诗大赛现场观摩

诗教鲜花遍地开，精英齐聚演播台。

古稀老将横刀上，幼嫩儿童立马来。

擂鼓声声超弱手，抢关阵阵出雄才。

言辞虽说情优雅，夺冠硝烟也响雷。

◎ 徐德明

五年颂

攻关担大任，破垒史无前。

筑梦兴邦富，擎旗治国坚。

核心孚众望，百姓绘鸿篇。

华夏腾龙曲，全球漾乐漩。

◎ 陈东风

祝贺《宛陵诗词》网站开版

诗乡诗市正潮红，默奈惊雷破夜空。

恭迓达贤传宝典，诚迎道友现深功。

阳江浩涌平波远，亭岳风多啸浪鸿。

今日站台隆幕启，谐心无愧古仙翁。

◎ 余 浩

昆山湖秋色

一路轻歌秀美湖，青山绿水两相扶。

波光叠影澄空净，胜比蓬莱景色殊。

◎ 方 霞

祝贺宣州诗会网站开版

雨润昭山秀，云舒宛水惊。

诗乡多雅赋，韵海又征程。

未忘玄晖句，长怀李杜情。

崇文兴古邑，醉墨动江城。

◎ 陈朝元

春日偶成

乡间青色接天涯，绿竹山边住我家。

耕作闲来无述处，斜依茅屋赏春花。

◎ 蔡 青

夏霖瀑布有感

银瀑飞天下，团流碎玉潭。

人生如击水，能搏几回酣。

◎ 罗志勇

虞美人

雨中游南湖

诗朋乘兴南湖去，船急惊鸥鹭。

绵绵细雨湿轻舟，坐看水天一色角菱

浮。　雁群列阵头前过，时有鱼儿和。大桥宏壮展新姿，秀丽风光沉醉不思归。

◎ 梅运莉

鹧鸪天

端午节

五月栀花染艾香，家家里外几番忙。得闲裹粽灵均忆，知足衔杯国祚昌。　故事远，俗情长。借来佳节好回乡。亲人一聚椿萱乐，雀语萦怀慰寸肠。

◎ 孙正军

咏　蝉

平生矢志在高林，哪管位卑偏见深。
直破泥封探玉宇，不因世俗改初心。
长风借力频频跃，热浪扬威朗朗吟。
回首来程歌更劲，感恩厚土与甘霖。

◎ 庞晓丽

清平乐

游天目湖

晴空碧水，潋滟波光蔚。远影重山秋色媚，极目舷窗欲醉。　观蝶岛拾童心，茶园寻趣对奕。夕照归来兴盛，谁与一路同吟！

◎ 罗国亮

昆山湖

青山含远大，碧水映新翁。
邀作池中客，遨游上太空。

◎ 黄保平

咏苏东坡

境随心转大诗家，一贬黄州遂种瓜。
再贬荒偏寻自在，东坡居士乐天涯。

诗界动态

诗词中国APP "以诗会友" 主题诗会优秀作品选

  诗词中国APP "以诗会友" 主题诗会，为诗词中国客户端 "以诗会友" 栏目组织的常规主题赛事，旨在提高诗友创作水平，建立诗友交流、创作的精神家园。诗会每季度举办一期，经初审、复审评选出优秀作品，在诗词中国客户端发布。

  2018年上半年，诗词中国APP "以诗会友" 举办了 "清明" "念亲恩" "诗词英雄" 主题诗会，得到广大诗友的热烈响应。共收到了诗友投稿的上千首作品，现将优秀作品发布，以供大家赏读。

"清明" 主题诗会

◎ 蒋　迪

踏　青

垂杨夹岸草萋萋，径入云崖路转迷。
迤逦行来人不见，春山独听鹧鸪啼。

◎ 杨万胜

清明遥思

又逢春野草茅长，一摞冥钱祭爹娘。
欲说痴儿多少念，青云底下半炉香。

◎ 夏新权

生查子

娘在坟茔里，我在坟茔外。只差五尺长，却隔阴阳界。　　一世儿娘陪，来世儿娘再。欠了一身恩，何日能还债。

◎ 曹丽丽

浪淘沙令

困柳眼微睁。金盏花馨。丝丝细雨咽啼莺。遥想荒丘芽色嫩，又是清明。　水远客冰城。怕此春声。　凉词素墨乱心情。劳遣今年新燕子，寄语孤茎。

注：金盏花，别名冰凌花。

◎ 田 潇
清明遥祭
细雨残花破晓时，一湾溪水寄哀思。
乌江千里皆愁韵，荡尽人间四月诗。

◎ 赵 刚
清 明
春草茵茵掩旧坟，雨侵碑石字难分。
泪看应有万千语，料峭风中怎不闻。

清明时节
一入黄泉天地分，年年且把纸钱焚。
奈何转眼清明过，荒草依然笼旧坟。

◎ 陈 辉
清 明
浥洗新尘夜雨斜，清明几许好人家。
杜鹃啼血尤嚅泪，山道冥花劝落花。

◎ 曲明仁
清明扫墓
又到清明魂断时，坟头祭客早成痴。
焚香欲诉倾心语，碧落黄泉苦不知。

"念亲恩" 母亲节主题诗会

◎ 杨万胜
母亲节感怀
露湿幽庭月色昏，寒星零落缀柴门。
胸中思绪都前事，眼底光阴尽旧痕。
无数辛酸飞线补，几多厄运咬牙吞。
如今儿大娘先去，愧我难能报一恩。

◎ 孙欣鑫
娘
娘亲乘鹤去，已别十三春。
用尽中华字，难言半点恩。

◎ 赵化先
陪母亲春游
约得春天陪母亲，今朝才觉始成人。
逢春莫等春归去，愿与桃花日日新。

◎ 李海燕
母亲节致老妈
春夏秋冬总在忙，青丝何日已成霜？
莫言生命黄昏里，儿女心中大太阳。

◎ 米占富

祭 母

新日升空落月沉，娘音背影向何寻？
慈容慢忆浑生痛，教诲回思倍觉亲。
难忘恩滋存万缕，奔腾激荡沸全身。
年年月月长相记，梦里相逢感不禁。

◎ 贺连献

母亲节感怀

老母离开三载长，至今未信隔阴阳。
怕听时下歌娘曲，一句酸心泪夺眶。

◎ 赵 刚

母亲节有感

北堂寂寂又黄昏，梧影低窗着雨痕。
老母盼儿长望眼，旧巢思燕久开门。
荧屏得聚羞言孝，世路多羁愧报恩。
犹恐他年亲不待，座中唯见一空樽。

◎ 任 洪

花香融情

榴月又逢萱草青，浮萍仰望漫天星。
顺丰青鸟传思念，朵朵融情康乃馨。

◎ 夏新权

鹧鸪天

母亲节忆母

草长坟头一寸高，三更忆母雨芭蕉。
春耕苞谷秋收豆，晨采芽茶夜补袍。
锄杂草，种秧苗。伐薪烧炭北峰窑。
穿崖越岭何曾惧，不敢梳妆对镜瞧。

◎ 曹丽丽

近母亲节感怀

灿灿北堂萱草新，愁催白发落香尘。
三秋企盼花望眼，半世沧桑累病身。
成凤思归当慰藉，学乌反哺莫辞辛。
床前尽孝胎恩重，慈去亲迟悔做人。

"诗词英雄"主题诗会

◎ 任 洪

词古台新

海角天涯骚客会，隔屏千里系词门。
锦衣赤脚同台乐，羡煞翰林唐宋魂。

◎ 赵化先

赞诗词英雄

汉韵唐章洗俗尘，吟诗对句体裁新。
风云际会三千客，谁是瑶台第一人？

◎ 钟勇迁

平台新咏

今诗集萃地，唐宋梦回乡。

在线万千韵，同抒盛世章。

◎ 张海全

贺诗词盛会

古韵千年未断音，泱泱华夏抚瑶琴。

英雄论剑谁登顶？遍地花红满眼春。

◎ 曹丽丽

赞诗会

春潮掀起百家鸣，遍种诗芽笔下耕。

翰墨传承看我辈，平台盛会聚群英。

中华诗词论坛主题诗会佳作赏

　　"中华诗词论坛"主题诗会,为中华诗词论坛自主组织、评选的常规性主题型诗词赛事,意在提高论坛诗友创作水平,激发诗友创作积极性,增加论坛凝聚力,一般两月一期。作品由论坛组织评委会进行评审,分为初、复审两次打分,依总得分决定名次。

"女人花"主题诗会

◎ **冉长春**

见妻白发初生

公园长凳那年同,五指摩挲秀发丛。
讶一银丝偏不说,轻轻拨入夕阳红。

◎ **紫云寒**（网名）

清平乐

晗曦师妹印象

　　纤腰如柳,可是因诗瘦? 妙句清词非涉酒,多少灯前人后。　　天生丽质欺花,何须粉饰铅华。恰似芙蓉出水,宜诗宜画宜嗟。诗宜画宜嗟。

◎ **邵　华**

浣溪沙

咏农垦女农机手

　　万顷丰田金谷香,青春热烈勇张扬,英姿飒爽也豪强。　　身手轻熟颇自得,衣襟油腻亦风光,红装最美是工装。

◎ **贾秀芬**

女教师

一脸温和映彩霞,荧荧白粉点裙纱。
每闻那句老师好,眼角凝成凤尾花。

"南风" 主题诗会

◎ 孙复元

南乡子

应律便登场，吹得榴红麦穗黄，伸展蔓萝瓜又绿，芬芳，无力凌霄卧短墙。　田野布新秧，拂动青荷出碧塘，景似画图情似酒，醇香，醉了心怀夏梦长。

◎ 李文军

相见欢

东君难续春红，转头空。一任缤花如雨涨青瞳。　容光眩，裙钗乱，恰南风。总是相逢离散两匆匆。

◎ 高　科

减字木兰花

春归何处，十里长堤花满树。冷雨今宵，锦帐银屏烛影摇。　海棠时节，目送云山千万叠，梦落江南，似此相思已不堪。

◎ 刘丰田

减字木兰花

炎乡乍起，渐次北来行迤逦。染绿涂红，一路芬芳春色浓。　携云布雨，绿满田间农事举。水远天长，如画山川着锦裳。

"夏雨" 主题诗会

◎ 播种太阳（网名）

【南吕】干荷叶

电光耀，闷雷敲，大雨倾盆倒。水滔滔，浪滔滔，良田万亩尽飘摇，水患谁能料？

◎ 羽林郎（网名）

【中吕】山坡羊

苍天如酗，红尘如狱，长街广场人车浴。　倦身躯，浚河渠，一方有难八方恤，人在堤存真壮举。它，泼大雨。咱，有大禹！

◎ 袁桂荣

【越调】小桃红

阴晴不定爱撒娇，噙泪无常闹。满腹闲词拨弦调，柳林邀，雨天正好摔泥炮。一声脆响，荣儿笑道、哥快堵泥膏。

◎ 李志义

【双调】折桂令

夏日山中遇雨

望晴空转瞬云浓，雨骤风狂，电闪雷鸣。四散游人，齐奔避雨，汇聚兰亭。　　山峡中湍流走龙，峭壁间飞瀑悬屏。雨后新晴，雨后新清，雨后新虹。

"秋"主题诗会　　体裁：楹联

◎ 叶良辰

垄上辉煌，风吹稻谷流金海；

枝头灿烂，雨浥高粱吐玉珠。

◎ 一夫黔首（网名）

荷塘败叶，新圃黄花，两鬓霜飘多故事；

晚笛孤烟，断桥疏柳，一行雁过几乡音。

◎ 沈菁青

天气新晴，看鹤举云飞，引一襟诗兴；

枫林正艳，约霜浓露重，赶九月花朝。

"叙事"诗会　　主题不限

◎ 王红利

过家家

竹马青梅两映心，小童迎娶傍清阴。

兜空又恐新娘怪，折趣榆钱做聘金。

◎ 吴　江

忆儿时母亲粜粮归

一担秋禾载晓霜，归时山路绕斜阳。

遥看稚子村头跃，检点兜中棒棒糖。

◎ 王健红

夜登湖光望海楼

诗人自古爱登楼，半为苍生半为愁。

我与前贤浑不似，月随沧海立潮头。

"清明"主题诗会

◎ 邓　杰

清　明

拾级梯苔一径斜，风吹梨雪过山家。

年年野甸青烟起，布谷声声迭断崖。

◎ 安全东

清明感题

节到清明思百端，春山如雾画应难。

归来莫诩踏青事，多少新枝怯晚寒。

◎ 罗衷美

清　明

寒食潇潇雨，清明半湿魂。

布衣沾竹露，山径老松根。

已礼燃香烛，还祈佑子孙。

依依回首处，岚气满黄昏。

◎ 王国祥

老屋情思

清明烟霭笼荒村，更有扶篱不孝人。

忐忑阶前飞杏雨，落花每每对空门。

第八届恭王府海棠雅集贺作赏

　　第八届海棠雅集于2018年4月22日在南开大学迦陵学舍成功举办。本届雅集由文化部恭王府博物馆、中华诗词学会、南开大学迦陵学舍共同主办，以"绽国艳·凝国魂""再访迦陵学舍·共赏西府海棠""祝贺文化部恭王府博物馆全面开放十周年"为题。李岚清同志、马凯同志分别为雅集的成功举办发来贺信，并作新诗参加雅集。

叶嘉莹先生致辞并吟诗

◎ 马　凯

做好诗人，写好诗词

——写在首届中华诗人节和第八届海棠雅集即将举办之际

诗祖文魂百代传，雅集盛会嗣群贤。

柔风吹句涟漪起，豪气当歌日月悬。

酒美宜人凭厚酿，花香醉我自天然。

推敲落笔三分力，笔外七分品位先。

◎ 李文朝

沁园春

诗魂中华

古老文明，千载骚魂，独秀宇中。自《诗经》集典，《楚辞》添彩，唐风问鼎，宋韵争雄。元曲新弹，明清别唱，曾遇寒霜依旧红。逢春雨，看群芳吐艳，万木葱茏。　天生华贵雍容。四声字，图形音律融。赞抑扬顿挫，寄怀似酒，均齐对称，悦目如虹。妇幼同吟，城乡共咏，锦绣神州颂雅风。扬国粹，把心灵滋润，意远情浓。

沁园春

国艳海棠

不老琼枝，独秀中华，艳压九州。自秦根入土，汉花承露，贵妃羞面，武帝凝眸。朝野倾心，宋王崇仰，百卉之尊佳话稠。千年过，看娇颜依旧，尽显风流。

从容阅历春秋。逢新雨，初苞探翠楼。看公园王府，花团锦簇，山前水畔，碧树芳洲。骚客吟诗，劳蜂采蜜，百姓人群尽兴游。迎旭日，正含珠带笑，气定情柔。

步韵敬和叶嘉莹先生七十四年前旧作并遵约引用颈联

人生花季叹寒城，正气清音震耳听：

入世已拼愁似海，逃禅不借隐为名。

沧桑变幻常添彩，日月轮回不了情。

叶老归根堪笑慰，丹心一片未曾更。

步韵敬和马凯同志《做好诗人，写好诗词》

骚魂一脉古今传，继雅开新效大贤。

莫畏云来浓霭起，应知雨过彩虹悬。

无邪丽句凭心境，有道佳词出自然。

正气人生堪自信，功夫诗外品当先。

遵引岚清同志诗句缅怀敬爱的周总理

海棠怒放满园春，仰止高山缅伟人。

总理有知应笑慰，当年梦想已成真。

祝贺恭王府博物馆全面开放十周年

绿瓦红墙秘史藏，府门开放意深长。

陈楼旧宇添神采，古树新枝绽海棠。

权相诸王成幻影，平民百姓宴春光。

江南塞北风骚客，集友赓吟耀雅堂。

◎ 潘　泓

借叶嘉莹先生联咏西府海棠

人间许久望繁英，绚丽韶光仗汝成。

入世已拼愁似海，逃禅不借隐为名。

萼迎晓日春能撷，香送云涯浪待耕。

此是迦陵珍爱树，一枝一叶总多情。

又

绮梦遐思向未更，斑鸠布谷日相迎。

芳苞一夜霞千树，淑气三春馥万城。

入世已拼愁似海，逃禅不借隐为名。

好教群玉山头觌，少女形容照眼明。

行香子

萃锦园语花贺恭王府博物馆全面开放十周年

且逐韶光，且趁熙阳。泳东风岂用商量。开华节令，地使天将。况鲫波柔，莎草醒，柳莺忙。　　舒张非易，缤纷休待，甚园林不可芬芳。已晴明了，莫负衷肠。但竞朱红，争雪白，斗金黄。

◎ 冯令刚

海棠怀师

晨读春阳微信，所录李锐《赠陈四益七十寿诞》诗，意韵皆佳。陌句捉逮不得，可表海棠时节怀射鱼师（周汝昌）之情，亦为海棠雅集喝彩。诗曰：

四月春光渐回暖，满地海棠已昨欢。

灰砖尤刻千年史，鱼师曾把古今谈。

下士蝇声自取侮，豆丁哪懂玉言关。

今朝花谢一叶障，暖阳散落瓣亦闲。

◎ 李世英

黄莺儿

桃花春雨

暮春雨潇潇，看桃花别样娇。浓妆含露枝头闹，颜也灼灼，态也夭夭，道旁绿柳伴君笑。惜春朝，劝东风慢到，莫吹得落红飘。

◎ 张福有

恭借叶嘉莹先生联戊戌咏怀

奔波十载考山城，拙著留将后学评。

入世已拼愁似海，逃禅不借隐为名。

濂溪志笃爱莲说，陶令心关采菊情。

改写洪荒凭野力，尤需强骨自支撑。

觍借叶嘉莹先生妙联小记再访迦陵学舍

入世已拼愁似海，逃禅不借隐为名。

双飞事业岂难倒，独抱心思持久撑。

百二风光三界梦，万千学子一腔情。

校园多少艰辛日，天道酬勤苦力耕。

又

迦陵莫负赏花情，悉采文华供笔耕。

入世已拼愁似海，逃禅不借隐为名。

千秋事业从今续，一脉精神自古撑。

再展吟笺齐唱和，满堂雅韵拜先生。

又

又踏津门百感生，迦陵学舍育棠情。

移从王府飘零叹，志向课堂勤苦耕。

入世已拼愁似海，逃禅不借隐为名。

凭新发脉养根本，硕果累累靠自撑。

又

擎天老干自支撑，茂叶新枝春又生。

发韵未输风雅颂，藏娇何逊菊莲情。

诗词阙史云笺补，桃李盈园绛帐耕。

入世已拼愁似海，逃禅不借隐为名。

沁园春

习近平南海阅兵

（步李文朝韵）

机阵穿云，舰阵开航，正检阅中。向世人宣告，图强出海；国人振奋，崛起称雄。剑插蓝天，艇分白浪，编队高旌指处红。新装备，护神州大地，满目葱茏。

天东劲旅新容。敢亮剑干戈试化融。忆江澄鸭绿，沙津树壁；山遗手斧，磬对圆虹。绘领航图，引新时代，挺立潮头挽大风。歌英杰，信人民至上，任重情浓。

恭王府博物馆全面开放十周年贺

面貌一新逾十年，当惊孤本百花妍。

京都胜迹恭王府，盛世华章好梦缘。

衔水石灵留福字，盈园云白代诗笺。

海棠雅集传佳话，期待声中付锦弦。

◎赵建忠

恭王府组织迦陵学舍雅集，调寄杏花天应景

东风最爱春宵晚，漫销魂，冰心一瓣。似嗟昨日尤慵卷，今日枝头遍。　　纵然是，芳颜妆浅，解花意，相看堪念。幸多闲客寻春远，醉里湛波青眼。

◎宋彩霞

次马凯同志《做好诗人，写好诗词》韵谨和

屈原魂脉古今传，黄卷文章有圣贤。

皎皎月儿光叠起，皑皑云子色分悬。

谁来举酒听高折，我用长歌养浩然。

心系苍生利身外，诗情襟抱领春先。

注：马凯同志有《山坡羊·自在人》一诗中这样写道："胸中有海，眼底无碍。呼吸宇宙通天脉。伴春来，润花开，只为山河添新彩。试问安能常自在。名，也身外；利，也身外。"

嵌叶嘉莹先生"入世已拼愁似海，逃禅不借隐为名"句咏第八届海棠雅集

入世已拼愁似海，逃禅不借隐为名。

旧时黑夜那堪说，今日红春正可盟。

焉改初心游子意，犹怜白首故乡情。

海棠史上留君史，多少花枝向锦程。

谨依文朝将军《沁园春·国艳海棠》韵雅和

露响花深，草软风轻，春醉琼楼。望旭光冉冉，溪声袅袅，青葱滚滚，叠韵初收。日上枝梢，莺穿柳带，且向红尘问不休。芳心在、看海棠依旧，浪漫无忧。

迦陵学舍风流。令追逐、诗魂冠九州。愿花期长趁，飞鸿有信，青春永驻，校点绸缪。芳意匆匆，朱弦未改，曾有长歌谱上头。这次第、正翠园妩媚，朵朵纤柔。

次文朝将军韵贺恭王府博物馆全面开放十周年

朱门紫阁合行藏，又沐清风同日长。

杨柳早年曾细柳，海棠今此是甘棠。

游人炯炯均留影，简册煌煌自有光。

十载诗篇存大雅，金英插架韵堂堂。

◎星　汉

第八届海棠雅集步韵呈叶嘉莹先生

又传柬帖到朝廷，一曲东风万里听。

人瑞怜才挥健笔，海棠作意寄深情。

百年学界开生面，四海骚坛起盛名。

为使诗家尽新唱，京津雅集不须更。

恭王府博物馆全面开放十周年作

幸赖贤能谋划长，中华文化又高扬。

春风鸟语来云殿，旭日湖光耀画廊。

权贵妄图天雨粟，吟朋亲见海生桑。

前朝多少横斜路，留与游人脚步量。

◎高　昌

戊戌海棠截句

心清毋计香多寡，情重何须手八叉。

独占春风矜国艳，催诗最爱海棠花。

海棠开处有仙人，麈尾漫摇天下春。

喜鹊攀枝青鸟聚，烟霞隔断世间尘。

怜渠春睡放声轻，今日逢花莫抒情。

入世已拼愁似海，逃禅不借隐为名。

注："入世""逃禅"二句借自叶嘉莹老师。

阮郎归

海棠无香

百年西府沛甘霖，风清传素心。悠然佳气涤尘襟，一眸惹梦深。　　惜丽影，慎高吟，怜渠春睡沉。猜应心事在山林，懒招蜂蝶寻。

◎杨逸明

迦陵学舍戊戌海棠诗会步叶嘉莹先生原韵

海棠聚众已成城，莺燕围观驻足听。

树在风前都起舞，人来花下更多情。

校园骚客高吟句，王府诗盟远播名。

今宵应学苏居士，也烧红烛到深更。

咏迦陵学舍海棠花

又见园林雪作堆，海棠窈窕是谁栽？

自添烟景迎三月，相伴诗人醉几回？

带点雍容出西府，送些高雅到南开。

花如淑女春风里，总有翩翩君子来。

◎李建新

咏迦陵学舍海棠二绝句

海棠三月迎诗客，气质雍容尔雅多。

王府移栽书院后，一枝一叶更婆娑。

又

王府移来几树春，海棠诗客喜为邻。

花香飘在书香里，到此都成风雅人。

◎周笃文

海棠诗会，有怀汝昌老人

芳园筑向帝城西，更有名花世所迷。

嫩绿柔红云弄色，浅斟低唱韵添奇。

鸿儒卓笔留名著，国运宏开展大旗。

圆梦中华惊世界，万方拱极乐熙熙。

◎梁　东

改革开放再出发

猎猎旌旗四十年，烟波长在梦魂间。

五更月色君行早，万里云程半九千。

恭王府博物馆十周年

京城无处不流霞，胜日寻芳帝子家。

王府勤修风雅史，十年怒放海棠花！

（以收稿时间为序）

纪念周恩来诞辰120周年全球华语诗词
创作大赛颁奖典礼在淮安举行

2018年4月23日（世界读书日）下午，"2018中国淮安·周恩来读书节"在淮安市文化馆音乐厅拉开序幕。读书节的主题，是"阅读，让我们更文明"。同时，"为中华之崛起而读书"——纪念周恩来诞辰120周年全球华语诗词创作大赛颁奖典礼也同步举行。主、协办方领导和获奖选手代表，应邀出席本次活动。

"2018中国淮安·周恩来读书节"启动仪式现场

淮安市文化馆音乐厅内，伴随着精彩的文艺表演，情景歌舞《书香淮安》、经典诵读《我和祖国一起飞》、大赛一等奖获奖作品诗朗诵《躬行的姿态》等，大赛颁奖典礼隆重举行。

情景歌舞《书香淮安》

经典朗诵《我和祖国一起飞》

大赛一等奖颁奖现场

活动现场主、协办方领导，为本届大赛一等奖获奖选手颁发了荣誉证书。

淮安是周恩来同志的家乡，这次由淮安市人民政府发起，中国出版集团、人民网、诗词中国组委会、江苏省诗词协会联合主办的纪念周恩来诞辰120周年全球华语诗词创作大赛，共收到投稿作品约11万首，投稿范围覆盖了30个省市自治区，还有来自15个国家和地区的海外华人华侨，积极投稿参加活动。

今年是周恩来同志诞辰120周年，伟人的高尚情操，也激励了当代人为中华民族的伟大复兴而努力读书，努力奋斗！

鸣谢

《中华诗词》
《诗刊·子曰增刊》
《中华军旅诗词》
《中国韵文学刊》
《岷峨诗稿》
《上海诗词》
《当代诗词》
《江海诗词》
北京大学北社
中山大学岭南诗词研习社
武汉大学春英诗社
复旦大学古诗词协会
长安诗社

吉林省诗词学会
安徽省诗词学会
浙江省诗词与楹联学会
山东诗词学会
河南诗词学会
湖北省荆门聂绀弩诗词研究基金会
《文人空间》

长安诗社

中国韵文学刊

复旦大学古诗词协会

北京大学北社

中山大学岭南诗词研习社

武汉大学春英诗社

岷峨诗稿